巫灯

卜知客 著

人民东方出版传媒
People's Oriental Publishing & Media
東方出版社
The Oriental Press

谜托邦

万物皆故事

Mystery Explains

人物表

黎　青

悬疑小说家，社交圈知名花花公子。著有《三霄洞谜案》，背景是现实发生过的三霄洞事件，无意中竟在小说中道出了事件的背后黑幕而遭到追杀。喜好写作和解谜，表面轻浮，其实心思缜密，推理能力很强，对暗号和密码有天生的热爱。少年时期，父亲就失踪了，至今下落不明，这是他心中最耿耿于怀的未解谜题。

严锡九

出版商，经营着一家书局。是黎青的发小，常常一起推理解谜。对黎青有恨铁不成钢的感情。崇尚科学，反对一切怪力乱神。也因此对好友写的满是神秘玄幻的小说很不以为然。有非常强的人际关系，同时也在科学上有十分广泛的知识面，可以说，是一个行走的“数据库”。

李玉儿

年轻的女巫术师，擅长驱魔，善用符咒。和那三旋是一对盗墓搭档，那三旋从墓中拿出的东西，由李玉儿驱邪后流向市场。虽然工作较为离奇，使用巫术的手段也老到甚至毒辣，但骨子里还是一位少女。任性刁钻，脾气火爆，但也有隐藏在骨子里的娇羞。从初见之后，就渐渐对黎青抱有一种奇妙的感情。

那三旋

技术老到的盗墓贼，在江湖上颇有人望。擅长和盗墓有关的一切技术活，同时身体素质极佳，格斗技巧很强。与李玉儿是一对搭档，他从墓中偷出的东西，由李玉儿驱邪后流向市场。和李玉儿长年合作，对这个比自己年幼的小姑娘又敬又怕，在更多的时候把她当成自己的妹妹一样照顾。是江湖传奇汪麻子的同门师弟。

陈婉沫

黎青父亲的好友陈德昌的女儿，与黎青在年幼时就相识了。是一位高材生，孤身一人在上海交通大学求学。由于黎青和父亲的关系被神秘组织盯上，被从住处绑走。其实是黎青的忠实读者，爱好黎青作品多年。因此一见到黎青有种少女见到偶像的激动，也对黎青一见钟情。

陈德昌

陈婉沫的父亲。是黎青父亲的朋友。是一位图书收藏者，家中的书堪比图书馆。对黎青十分照顾，在黎青写《三霄洞谜案》的时候也给了不少支持。黎青写书时都会在他家寻找灵感和资料。

黎培松

黎青的父亲。从小独自将黎青抚养长大，给黎青灌输了很多解谜的知识。在黎青的记忆中，是一位十分聪明也是良师益友的父亲。然而在黎青少年时期就突然下落不明，至今没有消息。

目 录 CONTENTS

序　章

黑暗，红色，火焰，疼痛，死。

一个个孤立的词语在汪麻子的脑中闪过，然而意识却怎么都无法连成一线。

不知道发生了什么。不知道遇见了什么。

腿上像是失去了知觉，但神奇的是居然还能继续跑动。似乎一切都成了本能，除了逃跑以外，世界的一切都失去了意义。

汪麻子此刻唯一知道的是，他即便双腿都烂掉，都不能停下。

刚刚在墓里见到的血腥似乎依然历历在目，恐怖如同毒气一般弥漫在他的脑海。

——黑暗。

本身，汪麻子在盗墓界是有名的胆儿肥，在江湖上号称“鬼挡杀鬼，魔挡杀魔”。但他私下里总是对这种说法嗤之以鼻，觉得世上哪来什么妖魔鬼怪。偶尔两杯酒下肚，他就会大着舌头跟朋友说：

“哥们儿这辈子下了那么多斗，什么没见过？就没见过什么鬼啊魔的，哪天让哥们儿见见，也不枉此生了。”

而此刻，如果他还有理智能想起昔日说过的这番胡话，定是痛悔万分。

刚刚的墓里，那分明——如果他此刻还能有语言的话——是一个真正的魔鬼。

——红色。

他还记得它的血盆大口，还记得它的尖牙，还记得它是如何在短短的半分钟里就吃掉了好多人。

——火焰。

它从火焰中窜起，将黑暗不祥地点亮，像是末日之光。

他的喉头泛出血腥味，双脚似乎已经迈不动步子。但是不能停下，不能停下。他知道一旦停下，他的命就——

“哐当”。有什么东西掉到了地上。

本来已经连自己掉了一手一脚都顾不上的汪麻子，此刻却不自觉地回头去看。因为他对这个声音太熟悉了，几乎是本能告诉了他，是什么掉了。

那是他的铜串钱。是他在盗墓界摸爬滚打一生，才得到的地位象征。没有什么比它更重要。那是他存在的证明，是他一生的经历，是他赖以生存的一切。连他的命都没有它重要。

他几乎没有犹豫，立刻停下了脚步——

——疼痛。

一直被恐惧和麻木压下去的疼痛在他停下的一瞬间全部如汹涌潮水般袭来，他腿脚一软，倒在了地上。可是他不能停。他回过身，用没有受伤的腿拼命地蹬着，试图爬回去捡起那铜串钱。

铜串钱就静静地躺在那儿，好像什么都没发生过。

近了——

他受伤的腿已经没有了知觉。

再向前一步，再向前一步——

他大口地喘着粗气，眼睛都瞪红了。

他伸出手去——

猛然间，一只脚狠狠地踩住了他的手。钻心的痛让他想要惨叫，可发痛干涩的喉咙最终也只发出了嘶哑的怪声。

他抬起头向上看——

眼前是一个黑色的身影，仰视的视角让对方显得格外高大。他的脸被黑色斗篷挡住，看不清是谁，甚至看不清，是人还是鬼。

然而，他却感觉黑斗篷里的脸好像在笑，令人毛骨发寒的，诡异地笑。

啊……红……什么红色的东西染红了视界……像夕阳，像晚霞，像是……

——死。

汪麻子眼睛恐惧地大睁着，头顶被开了个血窟窿。鲜血染红了他的脸，他的全身，还有他面前的大地。

他的脑子还在热乎地跳动着，似乎还不知道主人已经逝去，还在奋力地想要闪过最后一个念头……

第一章

浮　华

“……这故事，发生在乱世之时，天地异动，必有鬼神作乱之事发生，人间如此，天界也如此。很多看似诡异的事情，其实就是鬼神相为的结果，人各有命，命各有数。”

这是一个奢华喧闹的酒会，男男女女都穿着时下最时髦的衣服，男人们夸夸其谈，女人们婉婉而笑，杯盏交错间，尽是优雅奢侈，所谓上流社会的游戏，正是如此。

而在这一个场合中，却又有着与气氛完全不合的一个角落。一众美女，带着或紧张或惊恐的神情，围着一个青年模样的男子，聚精会神地听着他讲话。这里上演的话题，不是金融，不是政治，却是惊险刺激的妖魔鬼怪。

“……人间的命数，是由天界的燃灯佛掌管，可是妖风作乱，灭了七十二盏灯，这七十二盏灯就化为七十二地煞，借以人体潜入了这乱世之中，危害到了人间和天界的稳定。”青年语带神秘，“人间有一个隐藏很深的地下组织，名叫辑灵会，这个组织里是一群奉天命执法的巫祭司们，他们分布在各行各业，当有天命信息下达，他们就会开始执法行为，捕获失灵，或者斩妖除魔”。

青年停顿了一下，扫视了一下四周，看到美女们都完全被故事吸引住，这才满意地继续。

“那是在1928年，他们通过了一个完满的设计，把那七十二地煞化成的七十二人召集了起来，聚集到了重庆的三霄洞。而后，辑灵会引爆了三霄洞，用这场可怕的爆炸向所有邪魔外道示威。然后，还把这七十二个人的血制成灯油，让燃灯佛身边的那七十二盏灯重新亮了起来。乱世之中，谁是人，谁是鬼，你我自分辨不清，唯有被收灵的那一刻……”青年压低了声音，“天灵盖起，灵走皮囊空，只留下一具尸体，一个血窟窿……”

眼见四周的女孩子们一个个都皱起了眉头，青年对不远处的一个服务生使了个眼色，对方向他点了点头，然后青年接着说：

“而这一切，都是从那七十二盏灯——”

说到这里，突然，会场的灯“啪”的一声熄灭了。宾客们都吃了一惊，而青年四周的姑娘们更是忘记了矜持发出了尖叫。而青年却依然自顾自地说下去：

“——熄灭开始……”

也就几秒钟光景，会场的灯很快渐渐恢复。只见青年四周的女孩子们一个个都吓得花容失色，有的捂着嘴，有的甚至流出了眼泪，而有两个胆大的，甚至已经靠在了青年的身上。此刻灯光恢复，她们也平静了下来。而当她们看到青年脸上此刻得逞似的坏笑，瞬间都反应了过来。

“哎呀黎公子，你可真是坏死了。”

“是啊是啊，把我们可都吓得不轻。”

女孩们娇嗔地打骂着这位黎公子，动作好不亲密。

这位黎公子，便是有名的富商黎家的独子，黎青。他本人是一位作家，虽然不太有名，但也思维开放，行为活跃。帅气的外表，殷实的家境，加上他总有丰富精彩的故事，让他在女孩子们当中深受欢迎，而他本人也是个有名的花花公子。

此刻，黎青也哈哈大笑，反过来好言安慰那些女孩儿。突然他抬头一看，却见不远处有个男人正冷冷地望着他。他的笑声马上变得尴尬起来，对身边的姑娘们说了句失陪，便找个借口站起身，朝男人走了过去。

走到男人身边，还没来得及开口说话，服务生就靠上来，满脸堆笑地看着黎青。黎青也不含糊，掏出一张美元毫不迟疑地扔给他。服务生千恩万谢地就走了。

“不愧是黎青黎大少爷，泡个妞也是机关算尽，出手这么阔绰。”男人语带讥讽地说。

“哎呀，同时泡好几个，不下血本不行啊。”黎青也不以为耻，笑嘻嘻地回答，“阿九你也真是，说不来不来，结果还是来了。”

被称为阿九的男人瞪了黎青一眼。

“你说有个非找我商量不可的事情，我还能不来吗？”

“那是那是，这事儿非得《赛先生》主编严锡九先生亲自出马不可啊！”黎青用手勾住男子的肩膀，“来来，先来喝一杯，刚好哥们儿最近认识个姑娘，想介绍给兄弟认识认识。”

“别来那些不三不四的。”严锡九皱起了眉头，“要没什么正经事儿，我可要开路了。”

“正经，正经。”黎青赶忙答道，“兄弟这回真的摊上点事儿，边喝边说吧。”

严锡九不情愿地跟着黎青找了个安静的角落坐下，黎青从侍者那儿拿了两杯威士忌，给了严锡九一杯。黎青自己拿起酒杯一饮而尽，而严锡九则只是微微呷了一口，便放了下来。

“说吧，出啥事了？”

黎青招呼侍者又上了一杯酒，这才开始说了起来。

“你还记不记得，我之前发表的那篇《三霄洞谜案》？”

严锡九皱了皱眉头。

“当然记得。我跟你说了多少次了，现在的小说，再走那些怪力乱神的路子，是铁定走不通的。你看看西方现在的流行小说，都是讲究科学的，所有的悬疑，都要有唯物主义的解释。你倒好，非要反其道而行之，搞什么辑灵会，巫祭司，燃灯佛。被人家骂惨了吧？卖不动了吧？明明设局悬念都很优秀，全毁在封建迷信上了。”

黎青苦笑了一声。

“我当然知道这道理啦。不就是赛先生跟德先生吗？科学虽然是好东西，但是本土的民间传说和神话，也是很有魅力的嘛。就是西方文学那边，单说美国的爱伦·坡，他的小说不是也很神秘吗？”

“那都是旧时代的东西了。以前走得通，西方走得通，不代表在当下中国就走得通。我看你还买了个报纸版面，钱多撑的是吧？”

“这不是因为小说叫好不叫座嘛……哥们儿的作品，你凭着良心说，到底写得怎么样？”

严锡九叹了一口气。

“我说了，布局精巧，悬念也很抓人，故事发展也有精彩之处。你说这小说可以‘信以为真’，如果抛开科学视野来看，真的也能‘信以为真’。但是，科学……”

“对对对，这部小说不科学。”黎青不耐烦地打断严锡九，“我不像你，没什么开化民众的高尚思想，我就想写个精彩的好故事。我买下版面，就是要告诉全世界，我黎青写的故事是精彩的，而明年，我要给读者，给整个文坛，来一次大大的地震！”

看着黎青故作神秘的笑容，严锡九也只好苦笑摇了摇头。

“好吧，算你牛，但愿你能好梦成真。还是那句话，到底发生了什么事？”

听了这个问题，黎青方才的自信一扫而空，脸上浮出一丝忧虑。他又豪饮了一口酒，然后拿出一个信封。

“你看看这个。”

严锡九疑惑地接过信封，抬头看了一眼黎青，便拆了开来，发现里面是一叠厚厚的文件。严锡九皱着眉头，仔细一看竟是许多人的档案资料。随意翻了几张，都是前几年惨死者的详细资料，其中还有关于死因的详述。

“这……”

“你仔细看看，尤其是看看死因，再看看一共有多少份。”

严锡九弄不清楚黎青要干什么，只好依他所言，又仔细看了一眼，数了数资料的份数，突然意识到了什么，很快抬起头来。

“这是……你小说里死亡的72个人的资料？你给他们做了详细设定？”

“不，不是设定。”黎青笑了，却不是往常那种自信的笑容。

“那是？”

黎青又喝了一口酒。

“就在我小说出版后三个月吧，有一天回家的时候，收到了一封来信，里面就是第一个人的资料。没有寄信人，也没有任何寄信方的线索，什么都没有。但是里面写的资料非常详细，比我的小说更加详细。我一开始以为是喜欢这部作品的读者提供的，也没太在意，但没想到，此后每天都会收到一封，每一封都有一个人的资料，直到上两个礼拜，全部七十二个人的资料都齐了，然后，就再也没新的来信。”

严锡九听了也一愣，不过转念一想，又说：

“这可能就是个读者给你寄的嘛，可以推测，他一定是个非常狂热的神秘小说迷。”

黎青点了点头。

“我原本也是这么想的，但我前天去了一场酒会，里头有个姑娘，说她家最近有个亲戚突然失踪了。本来我也没太在意这事，后来也不知道是哪个逞能的白痴，好像是个警察吧，说要帮她查一查，问了问名字，说是叫陈秋言。我当时就觉得这名字在哪里听过，一回家我就想起来了。”

严锡九一惊：“你是说……”

黎青点头，拿过那一叠厚厚的资料，翻了翻，从中抽出一张递给严锡九，而那张资料上面的名字，就赫然是：陈秋言。

“你怀疑这些资料……都是真的？”严锡九眉头紧锁。

黎青没有回答，而是将杯中之酒一饮而尽。

“这怎么可能呢？天底下哪有这么胡扯的事情？你写了一篇胡扯的小说，然后就有胡扯的事情正好和你胡扯地对上？”严锡九摇摇头，“或许就是个巧合而已。”

“哎呀，说兄弟的小说胡扯，真的有些过分……”黎青无奈地说，“我也没说一定是真的，只是有点好奇。老实说，阿九，你不觉得有点奇怪吗？”

被这么一问，严锡九倒也真的心里痒痒起来。黎青和严锡九自小就是拜把子兄弟，小时候两个人最喜欢做的，就是做各种解谜游戏，两个人相互斗智，谁都不服谁。

“你是说……”

“阿九，你在警局不是有几个哥们儿吗，现在也不是说这事儿就是真的，但你可以去打听一下，咱哥俩就把它当个解谜游戏行不？”黎青故作神秘地笑了笑，“如果真有什么结果，那不也挺有趣的吗？”

“我说你别乌鸦嘴啊。”严锡九瞪了黎青一眼，“毕竟还是找到你头上来了。不管真的假的，你最近都得防着点儿。”

“好吧。那么你……”

刚听黎青讲故事时靠在黎青身上的那女孩走了过来，先对严锡九笑了笑，然后对黎青说：

“黎公子，大家又想听故事了，派我来请黎公子过去呢。”

“哈哈，这就去这就去。”谈完事的黎青也是一身轻松，站起身，突然又想起了什么，向严锡九看去。

严锡九轻叹一口气，向黎青挥了挥手，同时也用指节在资料上轻轻地敲了敲，表示这事儿他是接下了。

“那哥们儿就先对不住您了。”说完，黎青哈哈一笑，跟着姑娘走了。

· · ·

“哎呀，说了我没醉！”那天深夜，已经喝得烂醉的黎青下车的时候，甩开搀扶着他的人的手。

搀扶着他的司机显然也习以为常。

“是没醉，是没醉，您慢点儿。这边走。”

“我跟你说，我写的小说，那叫一个牛，假的也能给你写成真的，你说，是不是？”

“是的，是的，黎公子您写的小说我们都爱看！尤其是姑娘们，特爱看！”

“放屁！那帮娘们儿，没见识！好了好了，我到家了，你回去吧。”

“是，那黎公子您小心。”

说完，司机便回到车上开车走了。

黎青走到家门口，寒风一吹，黎青的酒也顷刻醒了一半。而正当他想要打开门时，却发现门口地上又丢着一封信。

他把信捡了起来——还是一封没有寄信人地址的匿名信。他的思维此刻慢了小半拍，本能地想要拆信，可是手又不太听使唤，扯了半天，终于把信拆开，里面却没有任何资料，只有一张小纸条。他展开一看，只见上面赫然写着两个字：

“快跑！”

被酒精麻痹的黎青，没有立刻理解这两个字的意思，他皱起眉头，绞尽脑汁地思索，这两个字到底意味着什么，然而此刻——

一个黑影突然从他家里蹿了出来，经过他的时候，甚至跟他撞了一个满怀。这个惊吓，让他的酒醉在瞬间醒了大半，他睁大眼睛，马上反应过来。

他迈出还不太灵活的步子向外跑去，边跑边大声叫喊：“抓贼啊！有贼！”

他冲了出去，站在四合院的门口，还在四处寻找刚刚蹿出去的黑影的踪迹，而就在这时——

黎青只感到耳膜强烈地震动，他甚至没有意识到那是一声巨响，然后很快身后就传来一阵猛烈的热浪和冲击波。黎青被狠狠地震飞了出去，变得不省人事。

他自然不会知道，在身后，他生活了十年的这座大房子，此刻已经燃起了熊熊大火……

第二章

算命馆

朦胧之中，黎青似乎看到一个男人的身影。

他看不清男人的面容，但是他却知道那是谁。他朝那个男人走近。男人背对着他，坐在一张书桌前。这张书桌很大，上面整齐地摆放着文房四宝，角落里还放着几本书。

“青儿，”男人叫他，却没有回头，“过来看看这段密码。”

“父亲……”他轻轻叫出声，却发现自己的声音好像回到了一个少年。

仿佛是记忆中出现过的景象。

黎青走过去，站在男人的身边。黎青没法转过去看他的面容，他好像不想去看，又好像要无法自控地去看他。

于是他只能把注意力放在面前的密码上。

他记得这段密码，它存在于他的记忆中，可他此刻却怎么也想不起来，这段密码究竟该如何去解读。

“青儿，”男人开口了，声音中带着几丝和蔼的笑意，“真正的密码，和我们平时玩的解谜游戏是不同的。解谜游戏，是以让人破解为前提做的，而密码，却是以让人无法破解为前提写就的。”

男人的声音越来越遥远，四周的景象也越来越模糊。

“记住，青儿，理想的密码是，只有既定的收信人才能解读，而解答的……”

男人的声音越来越轻，越来越轻，却被一个由远及近的女声取代了。

“……他醒了！”

黎青听到了一个女孩子清脆的声音，他努力地睁开双眼，同时努力地回想之前发生了什么。迷迷糊糊间，他记得好像自己的家发生了爆炸，不过他很快就被自己逗乐了，怎么可能会发生那种事情，昨晚怕是黄汤喝多了吧。

这么想着，他想翻个身接着睡，却发现自己浑身不能动弹。他睡眼蒙眬地皱紧眉头，又尝试动了动，还是动弹不得。他这才费力地睁开眼睛看了看，却发现自己竟然被五花大绑了起来。他过了几秒钟才意识到发生了什么，莫名的恐慌从他心中涌起，他抬起头看了看，发现自己在一个陌生而奇怪的房间里，一面墙是一排书架，另一面墙上中央挂着一幅八卦图，四周挂着些神像，而自己面前是那一男一女二人。女的眉清目秀，却有一股仙侠之气，而男的贼眉鼠眼，但脸上却挂着古灵精怪。

黎青这才反应了过来，开始狠命地挣扎起来。

“哎！你们干什么！你们是什么人！”

“三旋，让他老实点！”又是女孩子的声音。

那男的不怀好意地看了眼黎青，然后抬起脚对着黎青的肚子就是一踹。黎青吃痛地蜷起腹部，说话的力气也没了。心想，不是自己昨天酒喝多了，睡了个不该睡的娘们，结果被整了吧？

“哎哟，这位姑娘，这位爷，有话好好说，”他从牙缝里挤出声音来，“昨晚黎某酒喝得有点多，万一要是做了什么对不住姑娘的事儿，黎某会负责到底的。”

话音刚落，只见那姑娘脸上立时就红一阵，白一阵，银牙紧咬，柳眉倒竖。

“还在乱说话，本姑娘也是你碰得的？”那姑娘气急败坏，冲上来就将黎青的耳朵一顿乱拧，一边还给那男的使眼色，“三旋，给他点颜色瞧瞧！还不知好歹了！”

“别！别别别！有话好好说，”黎青立时求饶，“黎某究竟怎么得罪二位了，请您二位示下，黎某也好给您二位赔个不是。”

“赔不是？”只听那男的冷笑一声，“还在这儿给我揣着明白装糊涂呢。这也是你赔得了的？”

“三旋，我们不妨也就给他提个醒儿。”这姑娘狠狠地瞪着黎青。

“三霄洞谜案，这么说你明白了吗？”男子说。

黎青这一听，更是一头雾水。

“当然知道啊，这不就我写的那小说吗……这、这，我知道我那小说写得反科学，但您二位至于这样吗……而且，”黎青目光打量着墙上的八卦和神像，“我看您二位这也不像是信着科学的样子啊。”

“少废话！”女子喝道，“我问你，你对三霄洞那事儿知道多少？”

黎青一听心中就苦了。

“我说这位姑娘，我那写的只是小说，真实发生的事情是怎样我什么都不知道……这只是我编出来的故事，你总不能因为我写的故事，就觉得我干了那事儿吧？”

女子冷笑了一声。

“还敢狡辩？我告诉你，我和这位那三旋，可就是从那三霄洞死里逃生逃出来的！你小说里写的那事情，什么编的故事，我们都亲眼见到了！”女子掐住黎青的脖子，“说，你和那些黑衣人，到底是什么关系？！”

黎青被掐住脖子，一时喘不过气，死命才从喉咙里憋出点声音来：

“什么黑衣人，我真的不知道啊。小说就是我写的故事，我真不知道到底发生了什么。”黎青感到越来越难受，“小姐，您能不能先松开我再问话，这样我也……说不……咳咳……”

那姑娘这才意识到自己做了自相矛盾之事，又觉得下不来台，只好猛地抽回手，又恶狠狠地问：

“那你说，昨晚的爆炸又是怎么回事？”

“爆炸？”黎青这才又想起来这茬，“那爆炸是真的？！我家炸了？！”

“不是你干的？”

黎青简直哭笑不得。

“姑奶奶欸，这炸的可是我自己的家，我疯了炸我自己的家啊？”

那姑娘一时语塞，随后又补道：

“可，可能是你发现我们盯上你了，所以你要毁灭证据！”

“我要早发现有你们两位神仙，还会被你们这么抓到吗？！”

姑娘一下子没什么话说了，那男的倒是开口了：

“玉儿，我看他说的有几分道理。毕竟人家自己家遇到这种事情，我们就给不由分说地绑来，好像确实也不太合情理。”

“三旋，你怎么长他人志气呢！”被叫作玉儿的姑娘一脸的生气，“这人写的东西跟我们遇到的事情也太像了。他跟麻子哥的死肯定有关系，一定得好好审审他。”

“我说姑奶奶，”黎青这下是又气又急，敢情自己是被个不懂事的小姑娘给绑起来了，“我就是一写小说的，晚上回家自己家被炸了，然后就被你们二位给绑来了，还说什么我写的小说跟你们遇见的事儿一样？这可能吗？我可告诉你们二位，我是个写鬼怪小说的不假，但我可不信什么神神鬼鬼的。哎，我说，不会就是你们两个把我家给炸了，现在还想讹我来的吧？！”

那玉儿姑娘被说得是脸上青一阵红一阵，听到最后见黎青又说不信神鬼，又是反咬一口，也是气急却又不知如何反驳，干脆从怀中掏出了几张纸符咒，夹在右手中指和食指中间，举到眉前，低头闭眼默念了几句咒语，然后将符咒向黎青一挥。

只见那符咒竟在空中飘忽，转眼间化成了小人的形状。黎青心中大惊，还没等他做出什么反应，就见那几个符咒化成的小人飞到黎青左右，对着他的脸就开始拳打脚踢。

“哎哟，姑娘，我信，我信你了！”黎青一边喊疼一边求饶，“打人不打脸啊，姑娘！”

“哼，你就好好反省吧！”说着，玉儿便给了那男子一个手势，走出了屋子。那男子同情地看了黎青一眼，也跟着玉儿走了出去，符咒小人也随之消失在空气里。

黎青被一个人丢在屋子里，思路却也是更加清晰起来。这二位虽说蛮不讲理，但却不像是坑骗他的样子。再加上刚刚那女孩子用那符咒施展的，明明就是正儿八经的法术？！他在心中整理着这一切。他们刚刚说什么？他的小说和他们的实际经历一样？莫非……

正在黎青被自己的猜想惊了一身冷汗的时候，房门却又被打开了。黎青抬头一看，是那男子又回来了。黎青一惊，探头看那男子的身后，那男子见状，嘿嘿地笑了。

“放心，就我一人。她上别处去了。”

黎青不知道这人葫芦里卖的什么药，只好也附和着点点头。

“兄弟，我跟玉儿不一样，我在道上混了也有十多年了，这人说真话说假话，我一看心中都有数。前面看你几句话，知道你没在蒙咱。”看黎青松一口气的样子，他又话锋一转，“不过玉儿还怀疑着你，我也不好放你啊。”

“那爷您这是……”

“我看你也挺糊涂的，来跟你说说这情况吧。”这男子倒也是爽快，“你也甭管我叫爷了，我姓那，诨名三旋，你管我叫三旋就成。不是什么入流的人物，你们读书人管我叫爷，受不起。”

“那三旋……”黎青正心说这名字真够怪的，只见那三旋低下头，拿头顶心对着黎青，黎青这才看到这男子头发里头居然有三个旋，顿时恍然大悟。

“实不相瞒，就算兄弟刚才说的是实话，我们不拿你如何，你这次，估计也是摊上大麻烦了。”男子叹一口气，对黎青说道。

“您说的倒也实诚，这我还能不知道吗？”黎青苦笑，“家都炸了，人都给绑了，麻烦已经不小了。”

“别急，还真不只是这回事儿，前面不是问你三霄洞谜案么，我就跟你说说我们到底遇见什么了。”那三旋搬来一把椅子，在黎青面前坐下，“你看得出来，这是什么地方吗？”

黎青点点头。

“这边儿墙上是八卦神像，那边儿架上都是《周易》《推背图》一类的书，想必是个算命馆吧？”

那三旋微微一笑。

“那你看得出我是干什么的吗？”

黎青略一沉吟，说道：

“我猜您是个土夫子。”

那三旋闻言，面露奇色。

“你怎么看出来的？”

“我看你手上老茧很多，身材健壮，看样子常年做一些用手的重活，而您说您在道上已经混了十多年，想必不会是干的一般农活工活。而您又在这算命馆里，和一个会些法术的姑娘一起，说明您的营生和这神鬼怪有些联系。再加上您经历过那三霄洞，听说那里也有不少古墓……种种迹象最合逻辑的解释就是，你是个倒斗的。”黎青自信地回答道。

那三旋又嘿嘿一笑，眼睛眯成一条细缝，看上去有些狡诈，却也有些滑稽。

“不错，不错，不愧是写推理小说的，好眼力。”那三旋说着，收住了笑，“我是个倒斗的，那姑娘叫李玉儿，是个驱邪师。你也见着了，正儿八经的。咱俩算是一对儿搭档，我挖出来的东西，她来‘洗泥’——哦，这是行话，就是把那不干净的东西给去了，然后再拿到外头卖去。”

黎青点点头。

“可这事儿啊，就发生在两年前……”

在两年前的时候，当时，他们还是三个人的搭档。那三旋负责些粗活，李玉儿负责驱邪，而寻墓定穴则是由他们当时一位叫汪麻子的大哥来做的。他们这三人的组合在当时的江湖上是出了名的天衣无缝，尤其是汪麻子，在盗墓贼中那是鼎鼎有名的大人物。

直到两年前，汪麻子带来一个新的活计，说是接到个生意，要去开峨眉山后头三霄洞里一座古墓。当时那三旋和李玉儿都对这生意满腹狐疑，他们此前从没听说过三霄洞那块儿还有古墓。可汪麻子当时胸有成竹，秉着对大哥的信任，他们也就应允了下来。

一到地方，事情就变得有些反常。李玉儿当时就觉得，这地方有种说不出的古怪，周围的灵气好像有些不稳，但是李玉儿也说不出一个所以然来。然后他们寻墓定穴找了好几天，却始终找不到墓穴所在。正当他们打退堂鼓之时，汪麻子却兴奋地说他找到入口了，而且发现的似乎是个大墓，里头好货很多。李玉儿和那三旋虽然感到奇怪，但也不想白跑一趟，就跟着去了。

按他们的惯例，那三旋和汪麻子下墓，李玉儿在外头等候。而那三旋和汪麻子到墓里，就发现此墓不同寻常，蹊跷难辨。这里不像是有墓主人的棺冢，但却阴邪缠绕，煞是恐怖，而且布局诡异，没走几步，以他们的经验，便发现了不少机关，虽然都是有惊无险，却也让他们惊出一身冷汗。而最可怕的是，没走多远，那三旋竟然和汪麻子就走失了。那三旋看四周路越来越复杂，怎么也找不见汪麻子的身影，没有办法，最终只能原路返回。

李玉儿见只有那三旋一人出来，大惊失色，听说原委之后更是大骂那三旋胆小怕事，不顾同伴安危。她仗着自己驱魔人“鬼不侵扰”的本事，又硬拉着那三旋钻了进去，结果这下子，二人真的在里头迷路了。正当他们不知所措时，却发现了一件极端恐怖的事情：一群人鬼不辨的黑衣人，正在摄取一人的魂魄，然后用他的魂魄点燃墓室里的一盏灯，被摄魂者的死相极其可怕，天灵盖上被开了一个血窟窿。然后黑衣人再去摄取另一个人的魂魄，又点燃了一盏灯，如此反复，随着七八个手无寸铁的人诡异地死去，七八盏灯被先后点亮。通往主墓室大门的通道上，密密麻麻地排列了成百上千盏灯，还有很多尚未点燃。两人见势不妙，想赶紧逃走，而此时三旋一个无意间的回首，却正看到了一张熟悉的脸孔——那是已经死去的，失去了天灵盖的汪麻子的遗容。

他吓得叫出了声，正是这下，被黑衣人察觉。还好李玉儿反应快，用驱鬼的迷烟引路，辨出洞口的方向，拉着那三旋，朝着这方向是没命地逃，二人这才勉强逃出了墓穴。惊魂未定的二人心情稍稍平复就大哭了一场，等天亮之后，两人再带人前来，想着起码把汪麻子的尸首带回去，也找到究竟是什么要了他的命，可却发现这里根本没有什么墓，连个土包都没有，甚至掘地三尺，也只挖出一堆蚯蚓和腐烂的枯枝败叶。

过了没几天，报纸报道了重庆三霄洞的诡异的爆炸案，虽然警方说这是一起蜡烛点燃洞内沼气造成的意外，可是盗墓界却传得神乎其神，什么三霄娘娘降罪，什么触碰禁忌召唤出了恶鬼，但据现场的幸存人回忆，曾经的确看见过几个诡异的黑衣人，但一晃就不见了，疑为幻觉。

玉儿和三旋对此案疑虑重重，他们不能接受汪麻子就这么死掉的事实，发誓要查清真相，于是开始通过自己常年混迹江湖的人脉关系，着手调查三霄洞的遇难者。凑巧的是，他们在街边吃凉粉时，看到了书摊上黎青写的那本小说，里面的描述和二人所见极为吻合，以为作者跟黑衣人必有关联，想探个究竟，没想到正撞上了黎青家遭遇了爆炸。

“……兄弟，这就是我们遇见的事儿了。对于你写的那小说，你真的没有什么其他线索？”

黎青听那三旋说完，惊出了一身冷汗，半晌无语。

“哎呀兄弟，不是我说，虽然我信你，但是你写的这小说也太巧合了，怎么就能跟我们遇见的一样？你想想，是不是有人和你说了什么？是不是遇见了什么？而且，你的房子被炸了，说明你还被其他人给盯上了，而且怕是要置你于死地啊……”那三旋满面严肃。

黎青自己大脑也在飞速地转动着。自己只是写了一部小说，这么长时间应该也没做什么能惹这么大杀身之祸的事情……那说明问题就出在刚刚说的，这小说和三霄洞谜案的奇迹般相似上，如果他们说的是真的，莫非他们盯上自己是为了……

“好哇你个三旋，”这时，却突然传来了女孩子的声音，“背着我和犯人嘀咕些什么呢？”

那三旋听到这声音竟惊得立时站了起来——看来这那三旋怕这李玉儿是怕得很啊。不过黎青此刻却无暇顾及这副光景。

“我也是单独审审他，看能不能问出些什么。”那三旋马上眯起眼睛嘿嘿地讪笑。

“嗯？问出些什么了？”李玉儿将信将疑地问。

“呃……”那三旋用余光看向黎青，却看到黎青双眉紧锁，眼睛瞪大。

“我知道了！”黎青大声喊道，“不！不对！不好了！”

李玉儿被黎青突然大喊吓了一跳。

“喊什么喊！怎么了？”李玉儿没好气地说。

“快，快给我松绑，我要去一个地方！”黎青急切地说。

“说什么梦话！给你松绑，你跑了怎么办！”李玉儿有点儿生气了。

“你们跟我一块儿去还不行吗！你们不是想要三霄洞谜案的线索吗，我带你们去！那地儿就有线索！”黎青顾不得那么多，声音也越来越大。

李玉儿一下子有点被吓到了，她看到黎青的眼神里满是急切，不似有诈，于是又求助地看向那三旋，那三旋微微点了点头。李玉儿这才勉强答应。

“好，好吧……嗯？”她似乎又想到了什么，不怀好意地一笑，然后从怀中掏出了一个符咒，食指中指举到眉间，默念了几句，向黎青挥去。

黎青只看到一道光直中自己胸口，然后自己心脏猛跳了一下，让他一口气差点没喘上来。

“好了，”李玉儿得意地说，”我给你松绑，但是你不能离开我十步开外，不然我可不敢保证你的性命。”

“快给我松绑！晚了就来不及了！”黎青几乎是吼了出来。

李玉儿吓得一颤。

“知道了知道了！”她又小声嘀咕，“人家都答应了，那么凶干吗。”

说着，她便示意那三旋给黎青松绑。黎青被松绑后立刻站起身，拔腿就要往外走。

“哎哎哎，你真想逃啊！你起码也得告诉我们要去哪儿啊！”李玉儿嚷道。

黎青扫了她一眼。

“长升街，进步书局编辑部！”

第三章

留　言

“我说，你好歹也给我们解释一下啊！”

出了算命馆，黎青才发现天色已经十分晚了。好不容易，那三旋给他们叫了一辆人力车，刚上车，李玉儿就嚷了起来，她对这个黎青还是很不信任。

黎青叹了一口气。

“首先，我是真的不知道什么三霄洞谜案到底是怎么回事。其次，我平时也没结什么要非取我性命不可的仇家。再次，前面三旋兄给我说的那些，我选择宁可信其有。种种迹象结合在一起，排除掉所有不可能，唯一剩下有可能的解释就是，我写的那部小说，真的跟三霄洞发生的事情一模一样。而这让三霄洞事件幕后主使的那些人以为我发现了他们的秘密，于是灭口来了。”

“那和这书局的关系又是？”那三旋又问。

“这书局是我最好的朋友开的，我这书也是他给我出版的，底稿也还在他那儿，如果那些人盯上了我，八成也就盯上了他。”

“你就这么一猜？还得让我们跑一趟？”李玉儿好像有点失望。

“别急。”黎青有些无力地笑了一下，“我当然也希望这是我想多了。不过就算是我想多了，这趟也不算让二位白跑，我这位朋友，在这天津城可是有一些路子的，而且脑子也快得很，多了他帮我们，也会是事半功倍。”

李玉儿好像没有完全被说服，不过也不说话了，转而看向了街边的风景。

快点儿吧，可千万别有事。黎青在心中默默念着。

大约半小时光景，他们赶到了书局的编辑部。在入口处，黎青就感到有些不对劲。往常里头的打字机的声音以及编辑们争吵讨论的声音隔着一条街都能听到，今天竟然寂静无声。黎青心说不好，三步并作两步地就往里冲。

那三旋和李玉儿在后头紧跟着。李玉儿好几次向黎青喊“不是让你不要离我十步开外了吗，不要命了吗？”可都没减慢黎青的速度，也只好一边嘀咕一边还是加快脚步跟了上去。

黎青走进编辑部，便愣住了。这里桌子椅子翻的翻，倒的倒，一片狼藉，到处都散落着翻开的报刊书籍，看得出来，在这里横遭变故之前，还有许多人正在工作之中。还有不少的烟头散落在各处，烟头早已熄灭，不过有几个杯子中的热茶，还在微微地冒着热气。

“哎呀呀，没想到还真来对了地方。”那三旋小声说。

“他们是突然被带走的。”黎青的声音有些颤抖，但仍然在理性地分析，“你们看，工作台上还有一些工作的迹象，这茶，剩半杯。还有这卷烟，你看，烟灰这么长都没抖掉，说明是抽了一半给放在桌上的。”

黎青随即迈开脚步向最里面的小房间冲去——那是严锡九的办公室。

黎青推开办公室的门，里面果然是一个人影也没有，到处都被糟蹋得一塌糊涂。书桌横在了地上，书本散落一地。地上还有茶杯打烂的碎片。

黎青呆立在门口，身后李玉儿和那三旋也很快跟上来，看到这副光景，都不知道能说些什么好。

“那个……”李玉儿似乎想出言安慰，但一开口却又被黎青打断了。

“嘘！”黎青举起一只手示意李玉儿噤声，“别吵。”

李玉儿好心吃了个瘪，顿时气从心来。但是被黎青这么认真地一压，又不敢再出声，只好做了个鬼脸，在心中嘀咕：人家好心安慰你，你却当驴肝肺！现在看在你心情不好暂且饶你，一会儿出去看我怎么治你。

而黎青此时也顾不上那么多，他的大脑此刻正飞速地旋转，他四处观察了一下，试图寻找可疑的地方。他知道严锡九的脾气性格，他们时常在一起玩各种推理小游戏，所以在这危急的时刻，严锡九肯定留下了某些不易被人发现的密码，用以传递消息。

黎青不踏入房间，为的是不破坏这现场中的任何线索。他仔仔细细地打量了一圈，最后目光落在地上的一块怀表上——那是严锡九一直带在身边的物件。黎青小心翼翼地走上前去把它捡了起来。

拿起一看，只见怀表表面上那层玻璃已经摔坏，时针分针秒针，全部停留在了“4”字上。

身后李玉儿和那三旋也凑了上来，看着这块怀表。

“4 点 20……”那三旋读出了表上的时间。

“欸……”李玉儿脑筋一动，“这是不是你的朋友在告诉我们，他是这个时间被带走的？不过这个时间还真是巧了。”

黎青也眉头紧皱，这是朋友留给他的信息？还是只是巧合？他又四处打量着，可是再也没有看到什么像是线索的东西。他默默叹了一口气，心想说不定朋友把线索藏在哪儿了，看来得仔细翻翻。

“李姑娘，三旋兄，如果他们是 4 点 20 分被带走的话，现在已经是……”他抬起手腕看了看时间，“10 点 50 分了，事不宜迟，我们赶紧找——”

——10 点 50 分？

黎青又抬起手腕看了一眼，立刻深吸了一口气，感觉心中什么东西亮了。

“怎么了？”李玉儿见状，奇怪地问道。

黎青没有理睬，他飞快地思考，又猛然抬起头看向四周，左看右看，最后把目光落在了一面墙壁上的一排书本摆放得密密麻麻的书架上。他快步走过去，在书架前站定观察了几秒，然后抽了一本书出来，他翻了翻书，书中果然夹着一张纸条。他露出了会心的微笑。

“什么什么？怎么回事？”李玉儿被这飞快的发展弄得有点懵，那三旋也丈二和尚摸不着头脑。

黎青这才抬起头看了看二人，脸上是自信的微笑。他指了指那怀表。

“你们看，那就是阿九留给我的信息。”

“不就是 4 点 20 分吗？”

“你们看看你们的表，仔细想想，什么时候时针分针秒针会都指在 4 上？”

李玉儿皱着眉头看了看表，却是那三旋先叫了出来：

“对啊！根本不可能！正常走动的表根本不可能三根针都在 4 上！”

黎青笑着点了点头。李玉儿反应慢了一拍，此刻有点不服气，追问道："那这三根针都指在4上又是什么意思？"

"三个4，就是阿九留给我的信息。"黎青转身向书架努了努嘴，"这个房间里跟三个4搭边的，结合种种迹象，就是这书架的第四排第四格第四本书了。"

"原来如此！"那三旋叹服地说。李玉儿也恍然大悟，难得露出了钦佩的神色。

"那，那这张纸上到底写的什么？"李玉儿连忙问，"有什么线索？"

"这……"黎青犹豫了片刻，随即把纸条放在了桌上，"一起看吧。"

李玉儿和那三旋凑上前去，只见纸条上写着：

我有些情由需走去半日切勿来忧心今明天回此

地新书新刊暂缓再议巴金萧军萧红可买之一看

鲁迅丁玲殷夫陈源一向不喜然而君亦可一参乎

"这什么乱七八糟的啊。"李玉儿又发出了失望的声音。那三旋也皱紧了眉头。

黎青没有回答，他觉得这张字条太奇怪了，里面好些地方似乎都不符合常理，也不符合他对严锡九这个人的了解。

他正想再仔细思索，李玉儿却突然抓住他的手臂。他转过去正想问李玉儿怎么了，却被那三旋一把捂住了嘴。

"有人来了。"李玉儿压低声音说。

这时黎青才听到，远远的，有脚步声传来。脚步声十分之轻，但在这空旷的大楼中显得格外明显。

那三旋朝窗台使了个眼色，轻声地说了一个字：“跑！”

黎青跟着二人蹑手蹑脚地来到窗前，但却看到这里距离地面非常高，立刻摆手示意二人这里不可能跳窗逃脱。但二人对着黎青一笑，随即李玉儿拿出一枚神符，默念几句咒语，那神符竟在窗外迅速变大，如同传说中的飞毯一般。那三旋打头，李玉儿第二，黎青最后，他们三人挨个儿上了那枚神符飞毯之后，便像羽毛一样轻飘飘地飘到了地面上。

那三旋独自一人悄悄绕回到正门，试图看看是什么人来了。而黎青则和李玉儿一起躲在边上一条小巷里。他俩挤在一块儿，大气都不敢出，死死盯着刚才他们跳出来的那扇窗户。

突然，一个黑色人影从那扇窗探出身子。李玉儿差点发出尖叫，黎青很快反应过来，紧紧捂住了她的嘴唇，把她一把拉到墙根处，躲到黑影看不到的地方，一边微微探出身去，用余光观察黑影。

李玉儿止住尖叫，却还在不住地喘气和颤抖。黎青见状，紧紧地握住了她的玉手。被抓住手的李玉儿，似乎感到了一阵安慰，她看了一眼黎青，轻轻挽住了他的手臂。

黎青看到那黑影似乎缩了回去，从窗前消失了，也松了口气，拍了拍李玉儿，示意她没事了。李玉儿深呼吸了几下，试图镇定下来。而就在这时——

“啊——！！”

传来了一声惨叫，随即黎青就看到那三旋正向他们冲来。

“快跑啊！！”

黎青和李玉儿顾不得许多，转身就跑。倒是这一声惨叫，也让四周的灯火变亮了一些。他们无心去顾及身后到底有没有追兵，上气不接下气地跑过整条街，终于找到了车夫。

上车之后，黎青和李玉儿才问起那三旋到底发生了什么。那三旋气喘吁吁地吐出三个字：“黑衣人。”

黎青和李玉儿闻言均脸色大变，倒吸一口冷气。

“看来黑衣人真的盯上你了。”李玉儿对黎青说，目光里不知道是同情还是担忧。

黎青面色凝重，沉默不语。

“那张字条……”那三旋开口问道，还没说完，就被黎青打断。

“错不了，一定是阿九留下的讯息。”

“可是上面都说了些什么啊，鲁迅巴金什么的，好像听说过，也跟你一样是写小说的吧？”李玉儿说。

黎青点点头。李玉儿皱着眉头想了一会儿，又说：

“他不是说什么巴金鲁迅的可以拿来看看吗？是不是说他们的书里有什么线索？”

黎青摇了摇头，又点了点头。

“总觉得很奇怪，但是好像也没什么更好的解释了……你们的算命馆有他们的书吗？”

李玉儿和那三旋面面相觑。

“我们俩倒斗的，”那三旋不好意思地说，“都是粗人，哪有心思看那些书啊。”

“粗人是你！”李玉儿瞪了那三旋一眼，“可别把我算进去。我只看古书。要不等天亮了，去书店找找？”

“不行！”黎青断然否定，“阿九命在旦夕，我们没那么多时间浪费。”

李玉儿和那三旋陷入了沉默，都不知道该怎么办才好。倒是黎青略一思索，有了主意。

“师傅，”他对人力车夫说，“麻烦去南大街。”

李玉儿一听急了。

“哎，去那儿干吗呀？你怎么就这么自作主张呢！”

黎青脸上此时倒是露出了一抹微笑。

“到了后再跟你们解释。”

他们的车到了南大街。下车后，黎青熟门熟路地摸到一幢住宅前，同时向两人解释道：

“这是我另一位好朋友的家，他叫陈德昌，是我父亲的好友，本来我该管他叫叔叔，不过我来天津后和他一见如故，也算是忘年交了。他家藏书极多，堪比图书馆。我写《三霄洞谜案》的时候，经常到他这儿来查资料找灵感。差不多有半本书，就是在这儿写成的！”

李玉儿听了后明白了过来。

“所以我们来这儿找书？”

“不止，以他对书的了解，说不定一眼就能看出这留言中的玄机。”

说着，黎青就敲响了大宅的门。

“老陈！是我！黎青！”

他砰砰砰地连敲带喊了半天，也没听到里面有什么反应。

“奇怪，老陈平时睡得也没这么早啊。”

黎青又敲了一会儿门，还是无人应答。这个时候，倒是李玉儿眼尖，发现了什么。

“这门……好像没锁啊？”

听到这话，黎青心中陡然升起一种不祥的预感。他握住门把手，轻轻地打开门——门果然是开着的。

“老陈！是我！你在家吗？我进来了啊？”

还是没人回答。

他们进门，发现房间里一片漆黑。那三旋划了一根火柴，借着火光，他们才看清了房间内的景象。李玉儿和那三旋立刻惊呆了——只见这间明明该是客厅的房内，四面都摆满了书架，中间还横着几排书架，上面密密麻麻摆满了各种各样的书。

而黎青则是立刻发现了异样——许多书都散落在地上，房间内一片狼藉。他小声对李玉儿和那三旋说：“好像有点不对劲，可能有人来过。”

他们警惕了起来，意识到可能发生了不得了的事情。他们轻手轻脚地进了屋，黎青打头，在房子里探查起来。满屋子东西凌乱不堪，桌子椅子横七竖八地倒在地上。

当他们走进一间像是书房的房间时，黎青立刻面色铁青，那三旋立则冲上前去，而李玉儿在发出尖叫的同时，捂住了自己的嘴——

地上，横着一个中年男人。

“老陈！”

那三旋拦住黎青，一个箭步上前去把他的身体翻过来，探了探脉搏和呼吸，然后露出奇怪的神情。

“怎么了？”黎青急切地问。

那三旋带着奇怪的表情，慢吞吞地说：“他好像……”

还没等他说完，黎青就看见老陈伸手挠了挠自己的肚子。

“……睡着了？”见此状，黎青哭笑不得，不过还是松了一口气，然后走上前去，轻轻摇了摇陈德昌，“老陈！醒醒！”

老陈的眼睛动了动，嘟嘟囔囔口齿不清地说了什么，黎青也听不明白，好像是：“错了错了，那本书不在那儿！”

“老陈！醒醒！是我！黎青！”

黎青加大了力度，猛地摇晃着陈德昌，陈德昌这才从睡梦中睁开他惺忪的睡眼，吃力地眨了几下，费劲地想让自己回到眼前的现实，辨认这个摇晃着自己的来人。

“嗯……黎青？”他面带茫然，“那本书找到了吗？”

“什么书？”这下换黎青愣了。

“呃……”陈德昌好像这才回过神来，“什么……咳咳……黎青？你怎么在这儿？”

他轻轻咳了两声，算是清了清自己的嗓子。黎青知道他嗓子不太好，经常轻咳，声音也一直很沙哑。

“我找你有点事，敲半天门也不见你开门，看门开着，我就自己进来了。”黎青说，“倒是你，怎么回事，家里一片狼藉，自己人又倒在这里，我还以为来了个贼入室抢劫，还杀人灭口！”

老陈的脸上皱纹很多，看上去该是有些年岁了——黎青说是忘年交，看来忘的年也是够大的。此时他露出满是褶皱的憨笑，像是有些不好意思，然后又轻咳两声：

“咳咳……我想想……”他像是在用力思考，“这年纪大了，人也容易糊涂。我也不太记得了。”

黎青无可奈何地摇了摇头，这才指着那三旋和李玉儿说：

“这二位是我朋友，我们一起来的，想找你问点事情。”

李玉儿和那三旋早在一旁看得不知如何是好——本来以为黎青已经够怪的了，没想到又冒出一个更怪的怪人。

“陈……伯伯好。”李玉儿乖巧地打招呼。身为巫术师的她，此刻看起来倒就像一个普通的女孩子，向老陈微微点头。

“不用这么客气，不用这么客气。”老陈呵呵笑着说，“咳咳……黎青叫我老陈，你们也就叫我老陈吧。”

那三旋和李玉儿感到有些尴尬，好在黎青开口给他们解了围。

“老陈，我们来你这儿是有点事儿想问问你的意见，还可能要找些书。情况紧急，来不及等到书店开门了。”

“书！”老陈突然大叫了一声，把李玉儿和那三旋都吓了一跳，而黎青已经是见怪不怪了，“对了！书！我之前就是在找一本书！我找了一整天，把家里翻了个底朝天都没找着，然后在这儿摔了一跤，太累了，咳咳……没爬起来就睡着了……”

李玉儿没忍住，噗嗤一声笑了出来。黎青扫了她一眼，摇了摇头。

“我猜就是这样。”

“陈伯……老陈，你在找什么书啊？找这么久都找不到。”李玉儿忍不住好奇问道。

“我想想……”老陈又陷入了思考，“咳咳……”

“好啦，”黎青不耐烦地打断他们，“老陈，我们时间很紧，你看看这个。”

黎青把纸条拿出来递给了老陈。

“事态紧急，也没时间解释太多。”黎青此刻又是一脸凝重，“阿九不知道被什么人绑架了，而他就留下了这个。”

老陈本来伸手去接了纸条，一听到“绑架”吓得手一抖。

“锡九被绑架了？！”他惊骇地抬起头看着黎青，眼睛瞪得连皱纹都被挤到了一块。

黎青点点头。

“我猜他留下的这段话里，可能会有什么线索，你看看这些人的书，有什么规律特点吗？”

老陈长长地做了一个深呼吸，这才埋头去研究起那张字条。

看了许久，他才抬起头，又摇了摇头。

“这些人的书没什么规律，而且很奇怪，我记得锡九挺喜欢鲁迅才对。”

黎青失望地叹了一口气，点了点头：

“没错，我知道，反而他很不喜欢巴金。”

李玉儿和那三旋在一旁看着两个人干着急，那三旋忍不住说：

“管它什么规律不规律的，我们把这些人的书找出来翻一遍不就完了吗？”

黎青和老陈像看怪物一样看着那三旋。

“你知道他们有多少书吗？”黎青摇着头说，“光鲁迅一个人就有快 20 本了，我们怎么翻得完？”

“咳咳……不过这也是个思路。”老陈看那三旋有点不好意思，打了个圆场，“我记得锡九最喜欢鲁迅的诗了，要不看看他的《野草》？”

黎青想了想，也没什么好法子，只好点了点头。

老陈把纸条递还给了黎青，就出了房门，不多时，就传来了翻找东西的声音。而黎青，则又开始对着纸条苦思冥想。

不一会儿，老陈就拿着两本书回来了，看上去非常高兴，他把其中一本递给了黎青，就是《野草》。

“咳咳……也真是感谢你们了。”老陈晃了晃另一本书，“总算找到了，我要找的就是这本《增一阿含经》，怎么和《野草》给放到一块了。”

黎青感到有些奇怪，问道：

“这不是我当时写《三霄洞谜案》的时候来查的书吗？你现在找它做什么？”

“咳咳……我还没跟你说呢。”老陈露出了微笑，“你那本书啊，我女儿可喜欢了。听说是在我这儿查的资料，专门打了电话来，说什么也要找找你的写作素材看看。”

黎青一听，心里有些高兴。

“你是说婉沫妹妹？我记得她是在上海读书吧？现在还好吗？”

“很好，很好。”一说到女儿，老陈脸上立刻洋溢出幸福的微笑。

黎青点了点头，又马上回到了正题，翻开了那本《野草》。李玉儿和那三旋也凑了上来。

“这是诗？”李玉儿的声音中满是惊异和失望。

“当然。”

“这哪算是诗啊，又没格律又没平仄又没韵脚。”李玉儿有些不屑。

黎青听了不禁苦笑。

“这些是白话新诗和散文诗，是现代的新文体。就是为了打破格律和平仄的……”

说到这里，黎青突然停住了。

“这样岂不是一点味道都没有了。”李玉儿不觉有异，还自顾自地说着，“没有韵律感，也没有……”

话没说完，就被黎青的一声大喊打断了：

“我知道了！”

李玉儿、那三旋和陈德昌都被吓了一跳。黎青又拿起那张纸，仔细看了一遍，然后立刻转身对陈德昌吼道：

“老陈，快拿电码表来！”

老陈一愣，但很快似乎明白了什么，转身快步走出了房门。

黎青抓过一支笔，飞速地在纸上写画着什么。

“怎么回事？”李玉儿和那三旋又是紧张又是好奇，“也跟我们解释一下啊？”

黎青没有理睬，还在纸上写画着，过了好些时候，他才长舒一口气，扔掉了手中的笔，一转脸，就看到二人焦急的目光，这才拿起了纸递给了二人。

“你再看看这段话。”

李玉儿皱着眉头又读了一遍：

“我有些情由需走去半日切勿来忧心今明天回此地新书新刊暂缓再议巴金萧军萧红可买之一看鲁迅丁玲殷夫陈源一向不喜然而君亦可一参乎。”她还是弄不明白，“刚刚就看过了，这到底是些什么呀？”

“是啊，看上去像是胡乱拼凑的一段话。”黎青说，“但是我看到它时就觉得奇怪。这确实是阿九的字迹，但是鲁迅是他最喜欢的作家，相反巴金他倒是一直不太感冒。就算只是给编辑的参考，这也完全违背我对他的了解。所以我觉得，这其中必有玄机。”

李玉儿点了点头，像是有点明白了。

“还有，我一直很在意，这三行话，没有标点，但分行却很奇怪。”他指了指分行的地方，“你看看，这里明明每行都可以再写字，怎么就分行了呢？”

“可能是正好一句话？”李玉儿刚说完，就把自己否定了，“也不对，第一行分行的地方就是断开的……”

“是啊，但是要是注意的话，就会发现每行字数都是一样的，都是 20 个字。我刚刚就在想，这个字数应该意味着什么。”

“所以……”

“结果就是你刚刚说的，格律和平仄提醒了我。”黎青接着说。

“什么？”

“这段话，其实是电码。”黎青说。

“啊？哪有电码？”李玉儿吃了一惊。

“每个字的平仄写出来，平声是横，仄声就是点。每列 20 位，就是每列一个汉字。”黎青指了指他刚才写画的那些。

李玉儿和那三旋似懂非懂地看着黎青的笔迹，又把那段话念了一遍。念完后，李玉儿终于发出了恍然大悟的声音。

“可是我还是不懂，”倒是那三旋抬起头来，“这个‘之’明明是平声字，为什么你标了点？”

黎青正要解释，倒是李玉儿抢先说道：

“说你笨，就别插嘴了。这在古代叫入声字，算仄声。”

黎青点了点头：

“三旋兄是北方人吧。平仄随古音，南音和古音相似。不怪北方人不知道。”

那三旋听着，不好意思地摸了摸他头上的旋。

这个时候，陈德昌拿着一本小书回来了。

“咳咳……”他声音沙哑地说，“电码本，拿去查吧。”

黎青接过电码本，面色严肃，却难以掩饰那一丝临近破解谜题的紧张和兴奋，“对着电码表看看是什么吧。”

“点点横横横横点点点点点点横横横横横横横点……杜。点横横横横点点点点横横横横横横点点点点点……宝。”黎青检索了码表，一边念，一边在纸上写下了结果。

“第三个字我来我来！”李玉儿看上去跃跃欲试，似乎觉得有点好玩。

“嘿这丫头，又不是玩儿，别跟黎公子添乱了。”那三旋说道。

“好你个三旋！你怎么跟他一个鼻孔出气！”说完又瞪了黎青

一眼，却发现黎青双眉紧锁，有些出神。她没再说话，直接拿过码表开始解最后一个字：

“点点横横横横横横点点点点横横横点点点横横……这是……”

她翻着码表，正要翻到的时候，黎青却开口了：

“……桢。”

而此时，玉儿也看到了结果的字，又惊又气：

“你怎么知道？你怎么抢先说了！真没劲！”转脸又看到黎青满面凝重，瞪大了眼睛，此时又听到那三旋倒吸了一口凉气，就连显得木讷的陈德昌，此时都吃惊地张开了嘴，她这才转过来又看了眼前面解出来的字，不禁发出惊叫：

“……杜宝桢？！”

此时，黎青露出了一丝微笑——不知是无奈的苦笑，还是面对一个巨大谜题的兴奋。

“看来，这会是一个很长的夜晚。”

他们告别了老陈，马上就奔赴下一个目的地。

“杜宝桢……他不是都已经销声匿迹很多年了吗？”李玉儿问道。然而那三旋和黎青谁都没有回答她。

天津人都知道杜笑山、杜宝桢两兄弟和他们的“八善堂”，他们原来利用这个“八善堂”的慈善机构假面，为直隶督办褚玉璞干过不少污浊的勾当。1927年，杜笑山在军阀斗争中站错队，被警察厅长常之英借“私吞军款”的名义枪毙，而1928年，褚玉璞倒台被活埋，“八善堂”随即瓦解，杜宝桢带着其他家小迁入法租界，从此销声匿迹。

黎青也不知道，为什么这个杜宝桢此刻会突然在这里出现。沉默良久，他开口道：

“总之，我们只能去探探究竟了。现在八善堂已经没了，只有南善堂和蕴山小学还跟它有关了。而南善堂也被改造成了积善社，只有去废弃的蕴山小学看看了。”

李玉儿和那三旋点了点头，也没有什么异议。安静下来后，黎青又想到了刚刚死去的朋友，而他的另一位知交好友此刻也是生死未卜，不禁悲从心来。

李玉儿心细，从黎青的表情中读出了些他的心思。

“要不跟我们说说，你那位叫严锡九的朋友，是怎样一个人？”她试图转移黎青的注意力。

“阿九啊……”这一句话，倒是让黎青陷入了思绪，“这么说来，倒是有个他的小故事，说来给你们听听。”

“好啊好啊，”李玉儿一听就起劲了，“我最爱听人讲故事了。”

那三旋也把注意力集中了过来。

“这小子，现在对我颐气指使的，小时候可黏我了。”黎青说，“读小学的时候，他管我叫‘大将’来着。那时候，我说什么他都听。”

黎青回忆起，小时候，他自己觉得好玩，组了一个侦探社，侦探自然是他黎大公子，而严锡九就是他的助手。当时他们四处去破案子，但其实捅了不少篓子，闯了不少祸。

谈笑间，气氛倒是活跃了不少。转眼，就到了蕴山小学附近。然而，隔着一条街的时候，车夫却停了下来。

“怎么了？”那三旋没好气地问。

“二位爷，小姐，这前面麻烦你们自己过去吧，我就不进去了。”车夫说。

“哎？怎么着？钱没给够？”那三旋问。

“不不，您就别问了。这里头我不敢进去，也没车夫敢进去，烦请您三位自个儿跑个腿，受累了。”

说着，他不由分说地将他们三人请下了车，自己赶紧跑开了。

三人面面相觑，虽有疑惑，但彼此都明白，这前面恐怕无比凶险。他们顿时都加强了警觉。

整条街黑漆漆静悄悄的，四周都是破败不堪的老屋，俨然是一座被废弃的老城。他们三人沉默不语，像做贼似的，轻手轻脚地向小学走去。

走近小学，隐隐约约地，他们才听到了远处传来一些响动，而其中竟然混杂着惨叫。他们急忙加快了脚步，穿过大街，来到小学的铁围栏外头，这时他们真真切切地听见里头有人在惨叫，好像还不止一个人。

他们找了栏杆缝隙比较大的一处破漏，挨个儿钻了进去，随后便循着声音，一路来到了学校的大礼堂。他们躲到一处墙根，透过窗户悄悄朝里看去，立刻就被看到的景象震惊了——

里面正在上演一场惊人的古代审判。五六个男人头上套着头套，手背在后面被捆绑着，围圈跪在地上，每个人的身后，都站着一个拿刀的刽子手，而面前则各自摆放着一盏灯。而在他们正前方站着的，是一帮戴着兜帽看不清面容的黑衣人，中间的一位还戴着面具，而他身边就站着面无表情的杜宝桢。

“就是这样的灯！”那三旋小声说，“我们当时在墓里看到的，就是这种灯。”

“他们都是严锡九办公室里的人，还有好几个帮我改过稿子呢。”黎青悄声说。

“嘘！”李玉儿做了个噤声的手势，努努嘴，示意他们仔细观看。

一个黑衣人摘下了一位编辑的头套，解开他的手臂，身后的刽子手用刀架在他的脖子上，然后黑衣人向他做了一个手势，接着划着了一根火柴向他递去。他迟疑了片刻，身后的刽子手则把刀逼得更紧，他被迫颤抖着伸出手去接过火柴，点燃了自己面前的那盏灯。

黎青迷惑不解地看着眼前的情景，而那三旋和李玉儿则是一脸惊恐。

只见紫色火焰升起，不一会儿，点灯者就发出痛苦和恐惧的嚎叫，随后口吐白沫和鲜血，很快就倒在地上，抽搐几下之后就不动了，眼见得是死了。

黎青惊得目瞪口呆，而黑衣人从面具后面发出了低沉的笑声，似乎十分享受这个结果。

又一个黑衣人解开了另一位编辑被反绑的双手，摘下他的头套——黎青认得他，他曾帮他修改稿子，提出过重要意见——然后递给他一根划着的火柴。这以前总是和蔼地微笑的编辑，哭泣着点亮了自己眼前的灯盏——

黑色火焰腾空跃起，火焰在空中化成一个人形，像是一个巨大的魔鬼。魔鬼凑上前来，贴近了他的嘴，仿佛在跟他接吻。他发出可怖的惨叫。魔鬼像是一个黑洞，吸走了他的灵魂和全身的肉体。他的肉体被迅速抽空，只剩下一副干瘪的皮囊。

黎青强忍着胃里的恶心，看着黑衣人的恶行。最后只剩下了两个人，又一个编辑的头套被摘下，那人赫然就是严锡九。黎青的心像是被狠狠地捶打了一下，血液涌上了头脸。他想冲进去救人，却被那三旋拦住了。那三旋向他摇了摇头，又指了指李玉儿。黎青这才看到，李玉儿已经拿出符咒，闭着眼睛，口中开始念念有词。

眼见严锡九就要接过火柴，黎青急得像是热锅上的蚂蚁。而李玉儿则丝毫不为所动，继续喃喃地念着咒语。

就在严锡九接过火柴之际，李玉儿猛地睁开眼睛，手上的符咒也化成一阵怪风，消失得无影无踪。

另一边，严锡九已经将火柴凑近了灯——

然而，火柴却怎么都无法点燃灯盏，不一会儿，火柴烧尽了，灯还是没被点着。

黑衣人们开始小小地骚动起来，杜宝桢依然面无表情，不过手也轻轻握住了拳头。

“我用符咒在灯芯旁边加了个风结界，”李玉儿小声说，“不过维持不了多久，你们快想办法吧！”

黎青和那三旋对视了一眼，很快，黎青像是想到了什么，对那三旋和李玉儿耳语了几句，两人想了想，也纷纷点头。

而此时礼堂中，黑衣人们还在交流着什么。

“哈哈，什么巫灯？”严锡九嗤之以鼻，“这简直就是弱智的障眼法把戏，要杀便杀，搞什么装神弄鬼的名堂！”

身后的黑衣人听了这话，似乎被惹恼了，抢过旁边刽子手的刀就要向严锡九砍去，可是站在中间戴着面具的黑衣人却从面具之下发出了一声低吼：

“住手！”

正当礼堂中的视线都向面具人聚集时，窗外突然响起噼里啪啦的声音，随即一阵火光腾空蹿起，照得整座礼堂明如白昼。

黑衣人们很快意识到大事不妙，杜宝桢和面具人示意准备撤退，哪怕是杀人不眨眼的黑衣人们，此刻也乱作了一团。

火焰很快烧到了屋内，每个人的眼睛都被火焰和黑烟迷得视线模糊，他们自然不会注意到，有两个陌生人趁乱冲了进来，混在一群人中间，拉着两位人质向外逃走。

有一两个黑衣人反应过来想追，却已经为时晚矣。

黎青和那三旋把两个人质带出礼堂，和李玉儿汇合。

“人救到了！快走！”

李玉儿也顾不上太多，跟着四人向小学的大门冲去。身后黑衣人还在追赶，有个黑衣人拿着大砍刀冲了出来，李玉儿把所有的神符一起扔了出去，神符在空中发生了不小的爆炸，把黑衣人都挡在了身后。

在他们逃跑的路上，李玉儿真真切切地听到了，黎青紧紧握住手的那个男人，用不大不小的，却是惊喜异常的声音喊了一声：

“大将。”

第四章

野　火

除严锡九之外，同黎青他们一起逃离蕴山小学的，还有一名警官模样的人质。严锡九管他叫刘局。这位刘局对黎青千恩万谢，然后准备只身离开，却遭到了李玉儿的阻止。

“你还是和我们一起行动吧。这才刚从杜宝桢眼皮子底下死里逃生，也不知道咱身后干不干净呢！要是落了单的话就太危险了！”

“……谢谢姑娘的好意。”听了李玉儿的话，刘局看起来颇为意外，“不过，你们也看到了，我姑且也算是个警察，还是能保护好自己的。何况，我也有更重要的工作要处理……”

“我之前和刘局聊过，他跟的这个案子的确也很重要。今天也是被人设计，才落入杜宝桢的手里。现在我们也脱离了生命危险，大家就放心吧。”李玉儿还想说些什么，倒是被严锡九抢了个先。见刘局执意要走，众人也就没再做挽留。

“兄弟，没受伤吧。”告别了刘局，黎青关切地问起了严锡九。

严锡九摇摇头。

“这次真是谢谢你了。”他说，“还有这两位是……”

“这是那三旋。”黎青分别介绍说，“这位姑娘叫李玉儿。职业比较特殊，一会儿再跟你解释。”

那三旋和李玉儿向严锡九点了点头，严锡九也向他们微笑了一下，不过倒是在看李玉儿的时候，多停留了一会儿。那个年轻女人身上，有一种令人着迷的东西。

“三旋，你知道天津城里有什么藏身的地方吗？”李玉儿小声说着，生怕有人借着夜色偷听他们的谈话。

那三旋思忖了一下，点了点头，就带起了路。严锡九有些迟疑。黎青见状，拍了拍他的肩膀，让他放心跟着走便是。

四人辗转换了几部人力车，像是把整个天津城都绕了一圈，最后来到郊区的一个小镇，停在一间破旧的小旅馆面前。这间旅馆看样子平时就不太有人住，漆黑黑的，就连黎青本人，也是鼓起了勇气，才跟着那三旋走进去。李玉儿虽然对那三旋很是信任，心中也不免打起了小鼓。

旅馆的大厅里空无一人，过了一小会儿，才有个老妈子从里屋走了出来，面相凶狠，表情冰冷，穿着一身破旧的棉衣，就像是童话故事里的老巫婆。她先是朝三旋看了一眼，又瞥了瞥身后跟着的三人，却未置一词。

“林婆婆，我们来借住几日。又得叨扰了。”那三旋见她还没休息，赶忙寒暄了两句，随即从口袋里掏出几个银元递了过去。

老妈子接过银元，仍是一言不发，兀自回到了自己屋里。

黎青再次打量这间旅社，发现墙壁上的油漆，都是皲裂的纹路，作为前台的桌子，布满了灰尘，看上去好像很久没有正常营业了。

“这是一个很少有人知道的地方。”那三旋解释，“当然，也有各种各样的情由……反正不宜久居。不过稍避几天风雨是没什么问题的。”

另外三人听后，也不再多说什么，一个接一个地踩着吱呀作响的台阶上了楼。那三旋熟门熟路地把他们带进一间客房，里面倒是比外面好多了，起码没什么灰尘，几张床铺上，被褥和床单也还算干净。本来那三旋打算让李玉儿单独住一间客房，可是她说什么也不肯，最后在屋角里安了一张小床，用屏风隔将起来，就跟他们一块儿住下了。

一行人安顿下来，黎青这才将遇到的事情一五一十跟严锡九说了，严锡九听得眉头紧锁。对黎青说的那些超自然现象，严锡九是不以为然的。但他无法否认的一个事实是，现在大家都被一个可怕的神秘组织盯上了。

“我就是在办公室的时候被绑架的，他们什么也没有说，只是把编辑部翻了个底朝天。”严锡九愤恨地说着，眼中闪过一丝怒火。

“是啊，这个我们也发现了。不然也找不到你留下的密码……”黎青苦笑。

“后来……他们倒是问了我们很多事情。”严锡九抚摩着跌碎了的眼镜，一点点地回想，“话说回来，好像很多都跟你那小说有关。问我们当中谁负责跟你商讨情节，都提了些什么意见，你又说了些什么之类的。”

黎青托着下巴，左思右想，最后叹了口气：“这样的话，我真是对不住你了。还有你的那些兄弟……”

“不是你的错。”严锡九打断了他的道歉，将擦拭好的眼镜架放回到鼻梁上，“现在当务之急还是弄清楚，这些人究竟是什么来头。”

“说得对。”李玉儿接了话，“天太晚了，人也救出来了，我们先休息吧，明天再来商量对策。”

几个人无言地表示了赞成，在经历一整天的惊险和奔波之后，他们很快就昏沉地睡去。

唯有黎青辗转难眠。他说不清此刻的心情。身家性命此刻正在受到威胁，他理应感到害怕，但在他的体内，却反而有一种难以抑制的兴奋，像是一个西方孩子在圣诞节前夜期待着礼物一样。他喜欢这种巨大的未知，但他的兴奋，又不仅限于这个难解的谜题。作家总是下意识地写他们向往而又无法企及的生活，黎青亦然。他写那些光怪陆离，是因为他内心深处向往光怪陆离。而此刻他终于意识到，单调不变的生活，终于迎来了一次不同寻常的改变。而又有什么能比一个作家写的东西照进了现实，更让一个作家兴奋和战栗呢？在潜意识中，这种想法好似一剂毒药，不断刺激着他的神经……

自救出严锡九后又过去了三天，并没有杀手找上门来。那三旋不好意思再劳烦林婆婆，琢磨着重新找个地方藏身。李玉儿提议，既然现在暂且安全了，不如先回一趟算命馆。

最危险的场所，很可能就是最安全的地方。

黎青等人本来并不太赞同，但仔细一想，觉得似乎也确有些道理，更关键的是，对于现在的他们来说，也并没有更好的选择。

月色被云雾笼罩。那三旋引领大家悄声走出旅馆，确认没有被跟踪后，这才沿小路离开。他们所在的镇子，离算命馆不算太远，天亮前就能赶到。四人尽可能远离沿途的村落，一直在树林里行走。也亏得那三旋方向感好又对地形熟悉，否则怕是早该迷路了。

连夜赶路，走的又净是林间小道，可把黎青累得够呛。那三旋生得壮实，又一直干着体力活儿，这点路途对他来讲根本不算什么，而那看似纤弱的李玉儿，步子倒也相当轻盈，丝毫没有疲惫的迹象。

严锡九并不习惯这么高强度的旅程，却还是忍耐了下来。他看出黎青早已体力不支，找机会喊住那三旋，说要歇歇脚再走。四人在溪边吃了些东西，补充体力，便继续赶路，终于乘着百鸟苏醒的鸣叫声，顺利抵达了算命馆。

比起先前又是爆炸又是追杀，这一路上简直安稳得不像话。黎青悬着的心总算落了地，横躺在椅子上呼呼大睡起来。回到熟悉的环境中，李玉儿也稍微松了口气，连声使唤那三旋去烧水沏茶。

那三旋一头钻进了厨房，而严锡九则默不作声地跟在后面，帮忙准备了早点。两人把饭食端了出去，见黎青仍就四仰八叉地睡着，便过去拖他起来吃东西。李玉儿闻到食物的香味，才意识到这几天就没吃过一顿像样的饭，肚子里的馋虫全给引了上来。

只是简单的清粥小菜，也让他们吃得狼吞虎咽。黎青从未见过像李玉儿这样把饭吃得如此香甜的女孩子。眼看着她添了一碗又一碗的热粥，黎青张了张嘴，有点吃惊。

“哎，你这样吃……噫！！！”

黎青刚想说点什么，却感觉到小腿肚子一阵剧痛，疼得他五官都扭作了一团。缓过神来之后，才发现是那三旋提腿猛踹了自己一脚。

黎青一头雾水，只听得那三旋凑到他耳边悄声说了一句“别多话”。他又望向那盛饭的锅子，只见李玉儿正仔仔细细地刮着锅底上的最后一点米汤……

“你刚才说什么呀？”李玉儿放下锅，狐疑地看着黎青，问道。

“……呃，瞧我这脑子，转眼就给忘了。估计也不是什么重要的事……”

黎青盯着自己那碗粥，乖乖地闭上了嘴。

填饱肚子以后，四人开始商讨接下来的计划。他们最大的线索是杜宝桢，可此人自从离开天津以后便销声匿迹。若不是那日在蕴山小学亲眼所见，没人相信他又卷土重来了。那三旋提出可以去会一会他的几个线人，虽然冒险，但说不定能打探到一点风声。李玉儿表示同意，让他顺便去集市带点菜回来。

那三旋嘟囔了几句，却只得叹气认命，收拾了一下就出发了。黎青坏笑着问玉儿，总对那三旋这么吆五喝六的，就不怕他哪天报复吗。

“他敢？”李玉儿喝着茶，白了黎青一眼，“他是什么样的人，我可比你清楚。再说了，我能指望你们俩跑这跑那的？”

李玉儿这番话倒是不假。那三旋身强力壮，若是在外面遇上什么，总有办法脱身回来给其他人报信。李玉儿也是个习武之人，这算命馆又是她的大本营，保护两位文弱书生是没什么问题的。黎青发现自己讨了个没趣，便不再做声，回客房休息去了。

正午的时候，那三旋才回到算命馆来，手里提了不少的食物，看着够他们撑上一周了。黎青看到李玉儿满意的神色，不禁有点同情三旋。

三旋咕咚咕咚地灌下一大碗茶，才开口说道：“我今天往城东，能问的都问过了，没人知道杜宝桢现在就在天津。我也不敢透露太多。明天再去另一边儿打探打探。”

“你的线人……都是些什么样的人啊？”一直没怎么说话的严

锡九问他。

“什么人都有。买办，屠夫，酒楼伙计，还有几个要饭的……哦，你这么一问我倒是想起来了。”那三旋说，刚才出门才拐了个弯便遇到个认识的乞丐，就跟他聊了几句。这人坚称自己连杜宝桢的名字都没听说过，态度有点不自然。那三旋虽然心生疑惑，却也不敢生事，没再纠缠。

李玉儿听完这番话非常泄气：“搞了半天，不还是啥都没查到嘛……欸，我之前在街上买的那本书呢？就是黎青写的那本……”

“这本吗？”黎青晃了晃手里的《三霄洞谜案》，“你丢在客房里了。我觉得说不定能从书里找到线索，自己又看了一遍。”

“然后呢？”李玉儿和黎青想到一块儿去了，搞不好这部小说还是一切的关键。

“除了你们告诉我的遭遇，实在想不出来还能有什么细节能要我们的命。书里的情节大多是我编的，真要桩桩事情都凑巧发生过，那我岂不成了神仙？”黎青自嘲着，神情倒是颇为自负。

李玉儿皱着眉，耸了耸肩：“算了，我这儿暂时也还算安全。明天我去会会以前帮我查这个案子的朋友，看看他们有没有新的线索。”她这么说着，也算是安慰一下自己。李玉儿总感觉到，此时的安定很不真实，而危机仿佛正潜伏在他们四周。

这份忧虑竟然在第二天便成了现实。

次日晚饭的时候，李玉儿和那三旋交换着各自打听到的情报。

蕴山小学的事已经传开了，严锡九几位同僚的遗体也已经找到。

警局的报告称，这只是一次普通火灾，所以尽管伤亡惨重，却也没再派人追查下去。

“按理说，刘局可是这案子的重要证人，而警方应该会彻查到底才对……会不会刘局他已经……”一提到蕴山小学，严锡九的目光黯淡下来。他的同事朋友无一生还，连一起逃离那魔窟的刘局都生死未卜，这一切让他的心情感到无限沉重。

“阿九，既然刘警官让咱们不要担心，你也别再自寻烦恼了。我觉得，我要是刘警官的话，这节骨眼上肯定不会明着去追查杜宝桢。”黎青看到素来沉稳的严锡九这么坐立不安的样子，赶忙好言安慰起来。可他说出这番话的同时，心里其实也没什么底气。

“这我倒是同意黎青。外面已经这么危险了，先别让自己乱了阵脚。哦……说起来，黎大文豪，这天津城里可都传疯了！”李玉儿突然想起了什么，脸上竟浮出了一丝坏笑，抽出一本杂志丢在桌上，“你看这文章里写的……警方调查了前阵子爆炸的黎公馆，虽然整栋楼已全部烧毁，却活不见人死不见尸，从事故发生之后也没人再见过黎青。现在都说你那是江郎才尽，逼不得已，自导自演了一出爆炸悬案博人眼球呢！”

能大大方方嘲讽一下黎青的机会可不多，李玉儿显得得意洋洋，意犹未尽。黎青倒也真的感觉哭笑不得起来，明明先前还买下了版面给新的连载打广告，的确未曾料到自己竟会陷入这种困境。

那三旋边吃饭边听他们聊天，忽然觉得窗外的光影有点怪异。他默不作声地来到门边，朝外望去，果真瞥见一个黑衣人翻墙离开。

“你们两个跟着玉儿，我回房里取点东西。这儿还是被盯上了。”

他尽可能地保持镇定，和李玉儿对视了一眼。三人立刻明白出事了。李玉儿点了点头，拿起之前就收拾好的罗盘和神符往后院走去。黎青和严锡九紧紧地跟在后面，不敢轻举妄动。他们在院子里和那三旋会合，决定从柴房翻墙逃走。

很快，他们便听到有人闯进了算命馆。为了争取时间，李玉儿又一次唤出自己的罗刹，让它绕到正门搞出了点声响。严锡九第一次见到玉儿的小鬼，面目狰狞可怖，吓得倒抽一口冷气，黎青手快捂住了他的嘴，这才没能喊出声来。

成功出逃之后，那三旋带着三位径直往城外赶去。他说之前就觉得算命馆迟早会被找到，便物色了几处偏僻安静的藏身地点。没花什么工夫，他们就到了城郊一所废弃的城隍庙。李玉儿掏出一个包裹丢给黎青："你们俩先把身上的西服给换下来。荒山野岭的，你们这也太显眼了……这是我师父的旧衣服，不会太合身，先凑合着穿吧。"黎青不太情愿，不过还是照办了。

这一夜谁都没敢合眼。那三旋拿出些馒头，四人围着火堆，就着咸萝卜干，算是凑合了一顿。从算命馆逃走时，没能带上充足的食物，眼下只能是吃一顿少一顿了。

李玉儿脸上头一遭浮出惆怅的神色。算命馆毕竟是她生活了二十多年的家园，她不可能不为之担忧。此外，她放出去的小鬼迟迟没有归来。一想到那些对手也都是精通巫术玄学的高手，这回怕是凶多吉少。

天亮之后，那三旋时不时出去巡视一番，以确保大家的安全。天上下起了淅淅沥沥的小雨，风也不近人情地变凉了起来。正午时分，一个衣衫破旧的流浪汉经过庙前，向他们讨口饭吃，李玉儿立刻警觉起来，不过发现来人只是个可怜的老者，衣衫尽湿浑身发抖，就给了一个馒头打发他离开。老汉颤颤巍巍地道过谢，蹒跚着消失在了雨中。李玉儿有些后悔没留他下来烤烤火，等雨歇再走，可又想到如今已是自身难保，便收起了这份不合时宜的怜悯。

严锡九昨夜出逃时，顺手将《三霄洞谜案》揣在了怀中，反正也帮不上什么忙，便远远地倚着窗户读了起来。文章的内容他早已烂熟于心，黎青的小说非常注重氛围的渲染，即便是简单易懂的情节，也能让人看得脊背发凉。严锡九入神地翻看，读到洞内发生的惨案时，甚至闻到了灯油燃烧的味道。他苦笑了一下，合上了书，不禁有些佩服黎青，竟能把架空的案子写得如此逼真……

不过很快他就发现有点不太对劲，本以为是自己幻觉的灯油味，并没有因为停止阅读而消散，反而变得愈发强烈。他望向屋子另一端的火堆，零星的火苗正蚕食着所剩无几的木块，即将燃烧殆尽。很显然，他闻到的绝不是树枝燃烧的味道。严锡九猛地推开身边的窗户，发现外墙竟燃起了熊熊大火。

李玉儿一把拽过愣在原地的严锡九夺门而出。火舌沿着墙根舔上了房顶，本就腐朽破败的梁木没过多久便应声倒塌。城隍庙在细雨之中化为一片火海。

黎青急躁地质问那三旋，明明早上还确认过周围没什么危险，怎么才过了中午大家就差点被活活烧死。那三旋对此也是一头雾水，他一向小心谨慎，非常肯定上午仔细巡视过两次，并没有发现过可疑情况。四人冒着雨往城外赶，好不容易在天黑前找到山下一处废弃的茅屋，方才落脚休息。

接二连三的袭击，让严锡九觉得非常蹊跷，提出要离队单独行动。他觉得逃离蕴山小学之后，危机不减反增，与其说是“获救”，反倒更像是落入了新的圈套。黎青还没来得及劝，李玉儿便跟严锡九争执起来。

“都说不见棺材不掉泪，你们这帮知识分子倒好，鬼门关走了一遭都不长记性啊！和你一起被抓走的同事是怎么死的你忘了吗？”

“我不怕死，但绝不会让他们死得不明不白。只有回去工作才有希望把事情查明白。我现在迟迟不露面，倒是遂了这群坏蛋的心愿。你倒是说说，自从跟着你俩四处逃命，调查可有过半点进展？”不想气得李玉儿发抖，严锡九冷静得令人生畏，“弄不好，就是你们一直在暗中出卖我和黎兄，不然怎会接连不断地被找到？也不知道他怎么就信了你们的鬼把戏，如今落得这般田地。”

“哼。我早就说了不该趟这浑水。”那三旋也被严锡九气得不轻，没好气地看着李玉儿，“大少爷，你可都听到了？你们要是真这么不信任咱俩，得，也别多说什么了——”

“喂喂喂，你们几个吵架干吗要把我也搭进来？”黎青欲哭无泪。他知道严锡九对李玉儿有看法，这一路上也没少协调过，怎料现在反倒变成众矢之的了。不过经他们这么一闹，黎青自己也开始觉得事情蹊跷，心里萌生了些许动摇。

“够了，三霄洞的案子我一个人也照样能查。话都说到这份上了，想走的话走就是了，谁也不欠谁的。”李玉儿坐在草堆上，冷冷地看了一眼严锡九，没再多说一句话。那三旋守在一旁，默默地往火堆里添着稻草。细碎的雨声中，漫长的沉默让空气也越发湿冷。

黎青拉严锡九坐下休息，劝他不要被情绪左右。锡九却反复强调自己一直很理智，只是指出他们都忽视的东西罢了，等雨停后无论如何都要离开。黎青摇摇头，劝他冷静一晚再做决定不迟。

此时的黎青，自己也是心急如焚。他至今都无法相信，正在经历的一切都是由《三霄洞谜案》引起的。明明只是写了一部虚构的小说，怎就险些为此送掉性命？甚至还把锡九也给卷了进来。他悄悄挨着李玉儿坐下，想好好梳理一下状况。

李玉儿嚼着三旋递来的干粮，轻轻地叹了口气，柔声对黎青笑道："你也不要劝他了，等天亮就和他一起走吧。你们俩少爷跟着我们东躲西藏的，也吃够苦头了。往后口粮分光了，难不成还让你们跟我一起去讨饭不成？"

黎青眼望李玉儿俊俏的小脸，苦涩地一笑，不知道该说些什么才好。他转过脸去，失落地盯着摇曳的火光看了一会儿，突然领悟到了什么，猛地站了起来。

天际泛白，雨也渐渐停了下来，气温比前一天低了不少。那三旋和黎青进山拾柴，顺便也想碰碰运气，说不定能摘些野果子带回去充饥。两人在山中没走多久，竟发现一处用枝叶拼凑起来的帐篷，狭小简陋，仅能容纳一人躲雨休息。黎青发现树枝都是新折的，叶片也还很饱满，大约是昨日降雨时有人临时搭建的。两人又往树林深处走了走，再没什么新的收获，便准备走回山下的茅屋。

那三旋和黎青分别抱着一捆柴下山，在林子的入口，突然遇见一个浑身湿透的男人坐在树下。见到有人过来，男人眼里闪过一抹惊讶，但依旧保持冷静，扶着树缓缓站起来。此人说自己叫白五，本计划前往北平投靠亲戚，怎料在天津不慎住进了黑店，盘缠被抢，还险些被杀，连夜逃进山里，才算是保住了性命。三旋问他林子里的帐篷是不是他搭的，对方点头承认，说是实在找不到藏身的地方，偏偏又下起了雨，自己都不知道能撑多久。

黎青把柴火往背上一捆，上前搀扶男子，提议先去他们的茅屋里暖暖身子。男子有些顾虑，不过黎青的态度有种说不出的强硬，便答应了下来。那三旋则一声不吭地跟在他们的后面，握紧了手中的匕首。

“哎哟！你们还愣着干什么！瞧人家淋成这个样子，还不扶他过来烤烤火！”

回到茅屋后，李玉儿对这位突如其来的客人非常热情，搀着他坐在火堆旁边赶赶湿气，请他先换下身上的湿衣服再吃点东西。白五接过食物，赶忙道谢，又说衣服烤干就好。他整理好衣物，摸了摸胸口，忽然大惊失色，在身上翻找起什么来。

“怎么了，白先生。你是在找这个吗？”李玉儿手上晃动着粗布钱袋，饶有兴味地问道，“你不是说钱财尽为窃贼所盗吗，我倒是有点好奇，这个钱袋里装的是些什么玩意儿。”玉儿一脸无辜，任谁都不敢相信是她摸走了白五的贴身物件。

白五看到那钱袋，不由得站了起来，笑容变得有些僵硬；“姑娘若是好奇，打开看看便是。里面并不是什么稀奇的东西，只是我随身携带的信物……”还没等他把话说完，李玉儿已经把钱袋里的东西全数倒了出来，原来是一只精致的鼻烟壶。她打开瓶塞远远地嗅了嗅，嫣然一笑。“我呀，还是头一回见到把闷香当作信物的人。白先生可真有意思。说吧，你到底是在替谁做事？”

时间倒回到几个钟头前，夜还很深，雨还未停。

“玉儿，你刚刚说什么？”微弱的火光中，黎青激动地握住了李玉儿的手，弄得她小脸通红，又是一脸茫然，“啊……？去讨饭……？怎么了？”

“就是讨饭啊！这条线索太明显了，我竟然一直都忽视了。三旋，你想想前天早晨是在哪儿遇到你那个乞丐朋友的？”

“就在算命馆门口啊……你是说，那个乞丐暴露了我们的行踪？”

黎青又转而问李玉儿：“你昨天在城隍庙门口打发走的老头儿长什么样子，还记得吗？”

“就记得脸很脏，头发很少……衣服非常破，也没有穿鞋子，手里拄着一根细木棍子。感觉乞丐都是这样子啊。”李玉儿说完，突然明白了什么，“你的意思是，这个老头儿根本不是偶然路过，而是从算命馆开始就跟着我们？”

“不对啊……昨天那个老头儿肯定不是我认识的那个小乞丐，从体型上看就不是。”那三旋很快否定了玉儿的想法。

黎青满意地点点头：“我也认为你那朋友是不可能跟我们这么久的，不然肯定早就被你发现了。不过我觉得，这两个乞丐之间必然有什么联系……不，说不定不止两个，而是很多个和他们一样的乞丐呢？”

严锡九大概明白黎青想说什么了，朝他点了点头：“若是需要在全城乃至周边地区撒网搜寻我们，必定要投入大量的人力。要想让这些搜查者变得不起眼，乔装成寻常百姓混入人群里面是最好的。不过还有一种情况，大约就是黎兄想说的了。”

“没错。如果这些眼线本身就是货真价实的乞丐呢？”黎青说道，“乞丐一般都有固定的活动范围，但四处走动的话不会特别醒目。若不是原本就认识或有意去留心某个乞丐，我们甚至连这些人的样貌都记不住。”

“按你的意思，这一带要饭的怕是都不太干净了？”联想到之前认识的小乞丐也是一副遮遮掩掩的样子，那三旋不免有些担心。

“我觉得，危险的可能不仅仅是乞丐。这些出现在哪儿都不会很显眼的人其实很多，同样需要提防。不过……”黎青嘴角不禁上扬起来，“也许恰恰是这些人，会是我们的突破点！”

“原本我们走的就都是人迹罕至的地方，周围连村子都很少见到。这间茅屋也是依山而建，三面都是荒原。之前在城隍庙门口碰到流浪的老汉尚且说得过去，若是在这种鬼地方也能偶遇个人，无论对方是谁，绝对有问题。”严锡九简单地分析了一下情况，提议与其被敌人发现以后狼狈地逃走，不如干脆赌一把，主动引诱对方接近。

“算命馆遇袭的时候，听脚步声有好几个人。三旋也看到了黑衣人的身影。可自从我们逃到城隍庙以后，黑衣人应该就没再追过来。虽然不清楚原因，但可以肯定的是，出城之后负责监视的人比以前要少，也未曾直接露面同我们交锋。说不定，从人数上来讲反倒是我们占优。”李玉儿分析得头头是道，连严锡九都赞许地点了点头。

那三旋说，原本往这一带跑，若没看到这间茅草屋子，便会带我们进山找个地方躲藏。如果有人想不近不远地监视我们，躲在山里，大概是唯一的选择了。黎青提议，大家最好佯装驻守于此，以懈怠的假象让对方放松警惕。

四人又讨论了一番，决定等到天亮后，黎青和那三旋一起进山巡视，李玉儿同严锡九则守在这儿等他们的消息。

“若在山里遇见谁的话，无论男女老幼，先弄回来再说。”

他们秉承着这么一个方略出发了，而白五正是他们的战利品。

白五身份败露，刚想转身逃走，却发现那三旋早就拔出匕首，堵在了茅屋的入口。他不知所措地后退了一步，被躲在阴影中的严锡九一把擒住，按在地上。

李玉儿跨坐在白五背上，抽出小刀，划破了他的脸皮。“你最好老实交代你和杜宝桢是什么关系，说错一个字，我能让你生不如死！”她掏出一个瓷瓶，捻了条漆黑肥硕的蛊虫，“没想到，我这条喂养多年的蛊，会在今天派上用场。”

白五见到那扭动的蛊虫，脸色剧变，怕得浑身发抖：“你你你想知道的事情我都说……女侠先把那条蛊拿开！”

“好，你说吧。”李玉儿察觉到此人根本不会功夫，便收起了虫蛊，“所以，你们果真是在替杜宝桢做事？”

白五闭着眼睛点了点头：“我原本只是个叫花子，跟着丐帮讨口饭吃罢了……前些年杜宝桢突然秘密回到天津，我才得知丐帮一直都是他手里的眼线。这个杜宝桢在家破人亡之后，把自己卖给一个奇怪的组织，重出江湖，干起杀人越货的勾当，比以前更加残忍。有几个弟兄想脱离杜宝桢的控制，结果都被他折磨而死……我跟着长老做事，也知道很多不该知道的事情，便被派去干些卧底监视的活儿。”

“那追杀我们的黑衣人，也是杜宝桢派来的？你们到底有什么企图？”

“我……我也不知道他们的目的是什么。和我们丐帮一样暗中做密探的人数很多，马帮、力行帮、栈房帮、船帮、盐帮也都有涉及。你们遇到的黑衣人，是直属于组织的行刑者，不在杜宝桢的管辖范围。但前些日子他们突然把这份差事移交给我们，也没说什么理由……”

“也就是说你还有同伙？他们现在到底在哪？”白五的话坐实了大家的猜想。而黎青也顿时明白过来，神秘组织，行刑者，分布在各行各业的眼线……这些情景，不正是他在《三霄洞谜案》里所描写的吗？

“这一带除了我，没有其他人了。不过我早已把你们的消息，用信鸽传了出去，所以无论你们逃到哪里，都会在第一时间被盯上的。”白五摇摇头，突然脸色骤变，浑身抽搐。

“燃……燃灯……佛……”白五面目扭曲，用尽最后的力气吐出了这几个字，便瞳孔放空，惨死在他们面前。

“怎、怎么会这样？！”李玉儿见白五突然暴毙，大惊失色，慌乱地从他身上跳开，“我刚刚只是拿了条普通的虫子吓唬他，没有真的要下蛊呀！”

“……这人难道事先就服了毒？”白五一直紧紧拽着严锡九的胳膊，至死都没有放开，把他也吓得不轻。

“不像……”那三旋检查了一下白五的尸体，发现他明明四肢都很瘦弱，唯独胸腹凸起，样貌古怪，顿时明白了原委：“这是中了货真价实的金蚕蛊。下蛊的人打从一开始就没准备留他活口！”

黎青看到白五鼓鼓囊囊的肚子，吓得脸色惨白，胃里直犯恶心。这个杜宝桢，连替他卖命的手下都要杀光灭口，何其歹毒！前几日他们遇到过的小乞丐和流浪汉，恐怕也都凶多吉少……想到这里，黎青突然清醒了过来，暗叫不好：“快走，这里怕是不能久留了！”

严锡九马上反应过来，既然这个杜宝桢能隔空操控白五的性命，想必他们的行踪也已暴露无遗。几人顾不得收拾，拿了些要紧的东西，冒着清晨的薄雾就赶紧上了路。

“我知道的藏身地只剩下一处了。”那三旋面色凝重地对众人说，“在下个地点，我们一定得想出对策才行。”

李玉儿和严锡九的脸色都很难看，黎青看起来仍然心事重重。

“怎么了？有什么头绪吗？”李玉儿问黎青。

黎青摇了摇头，沉默了一会儿说：

“我说各位，我觉得我们要不要再去一次老陈那里？”

几个人都停住了脚步，看着他。

“这也太危险了！”那三旋直接投了否决票，“我们被来路不明的人追着，回到天津城本身就很危险，到他家里怕是连他都要被连累。”

李玉儿没有说话，用询问的眼光看着黎青。

“你想到什么了？”严锡九问。

“虽然我也不想相信，但是我不得不承认，这一切都跟我写的小说太像了。尤其是刚刚白五说的‘燃灯佛’。”黎青颓然说道，“我当时都是在老陈那里查的资料，关于燃灯佛，他那里应该还有些资料。比如他上次说的那本《增一阿含经》，就是记录燃灯佛的经书。”

李玉儿和那三旋对视了一眼，又看了看严锡九和黎青。

“好吧。”李玉儿率先表态，“一切由你小说而起，说不定那里真的有什么线索。”

既然李玉儿已经同意，那三旋也不好再说什么。严锡九自然是站在黎青这一边。他们便掉转方向，朝着天津城方向赶去。路过一个集市的时候，黎青让大家都买了草帽，又换掉了身上的衣服。四人把帽檐压得低低的，生怕被人认出来。

几经辗转，他们又回到南大街上，站在老陈的家门口。黎青敲了敲门，半天没有人应答。他只好加大敲门的力气，对着里面喊道：

“老陈，是我！黎青！”

依然没有人回答。

“这老伯伯，”李玉儿说，“不会又在里面睡着了吧。”

黎青苦笑着，伸手转了转门把手——果然没锁。他打开门，示意众人一起进来。

屋子里又是一片狼藉。估计又是在找什么书吧。黎青想。

“我们进来了啊！”黎青朝屋里喊了一声，然后关上了门，朝里屋走去。

他打开了上次的书房房门——

李玉儿发出了一声尖叫，黎青倒吸了一口冷气，严锡九瞪大了眼睛，那三旋立刻把手伸向了腰间的匕首——

就像一个破布袋子，地上，躺着一副丑陋的皱皱巴巴的空皮囊。

第五章

千金劫

“天灵盖起……灵走皮囊空……”黎青失神地伫立在原地，喃喃自语着。

书房正中央，陈德昌的遗骸惊悚地呈现在他们面前。

老陈熟悉的烟灰色长袍空空落落地躺在地上，身体却早已皱成了一片薄布，头顶位置还有个骇人的缺口，仿佛是要向谁示威。他的脸部扭成了令人战栗的模样——若那真的就是他死前最后的表情，老陈一定目睹了极其恐怖的场面……

如果不是亲眼看过黑衣人的行刑方式，谁能想到一个活生生的人竟会死得如此诡异。

李玉儿捂着嘴，不忍再多看一眼尸首。她虽然与陈德昌只见过一面，却打心底里喜欢这位和善的老人，如今他却这样被杀死在自己家里……她难过地别过脸，不愿再想下去，拼命将眼泪往回咽。那三旋倚着房门，后背早就渗出一身冷汗。他不由想起汪麻子惨死的那个夜晚，害怕得说不出话来。

严锡九强装镇定，抱过沙发上的毯子，盖住了老陈的皮囊。

“老陈……我终究还是连累了你……对不起……”黎青跪在地上，有些失控地恸哭起来，心中充满了自责与悔恨。如果阿九出事的时候，自己没有来找过老陈；如果当初写小说的时候，没有来寻求过他的帮助……那么，老陈大概就不会被卷进这场纷争。过了许久，他方才缓过神来，打起精神，收拾好散落在地上的眼镜、手表，轻轻地放在老陈的书桌上，然后一言不发地走向书架。

即便再怎么流泪，老陈也不会回来了。那么现在能做的，唯有找出这一切的幕后主使。严锡九似乎读懂了黎青的眼神，什么也没说，和他一起翻起了图书。

“我上次来的时候，老陈说他把经书错放到这边的书架上了……”黎青看着眼前的一排鲁迅著的书，皱起了眉，“也许是后来就拿走了……现在好像根本不在这个书房里。”

“嗯，以他的性子，书要放哪儿都是有可能的。”严锡九提议去别的房间里看看，李玉儿点头赞同，拉着那三旋帮忙找了起来。

四人花了几个小时，寻遍了陈家的每一个角落，他们才终于接受，那本《增一阿含经》是真的不翼而飞了。黎青既消沉又愤怒，暴躁地一拳捶在了书架上。

“黎青你先别急……我记得陈伯伯上次提到，他女儿问他那几本书来着。会不会……我们要找的书已经被送走了呢？”看到黎青又要失去理智，李玉儿赶忙安慰起他来，说出了自己的猜测。

“玉儿姑娘说的有理。我刚才在抽屉里也找到了他和女儿的书信。虽然有些对不起他们，还是拿过来看看吧……”严锡九打开书桌抽屉，取出一沓信，一封封翻看了起来，“里面的确提到了这件事情啊，不过他女儿最近一次来信是一周之前……这些家书都是从上海寄来的。我们是不是可以考虑按信封上的地址，找到这个陈婉沫呢？”

黎青点点头，默默推算起日子来。老陈的死相太过惨烈，无法判断出具体的死亡时间。不过尸骸仍未开始腐烂，这桩血案应该就发生在两天之内。“就按照阿九说的行动吧，一刻都不能再耽搁了。”

黎青意识到，无论他们要找的书在不在陈婉沫手里，这名少女都随时可能受到黑衣人的迫害。他真的不能再看到有任何人因为这件事情丢了性命。此刻，黎青的背上好似负着一个沉重的十字架。他不知道自己接下来会扮演什么角色。

是救赎者，抑或是加害者的帮凶？

决定前往上海的四人，在离开天津之前多少都有些事情要处理。严锡九翻出随身携带的记事簿，查到最近的一趟火车是正午十二点。天亮之后，他们决定办完各自的事以后在车站汇合。

四人约定之后便兵分两路，离开了老陈的宅邸。黎青跟着李玉儿，先去了她一位同行那里，借出几样奇怪的法器，说是要备不时之需。黎青对那些宝贝挺感兴趣，可李玉儿偏偏不让他看个究竟。

“你又不懂，看了也是白看，只要知道能保命就可以了！”李玉儿用戏谑的口吻调侃起黎青来，说得他竟有些憋屈，心里不服，却又还不上嘴。

“呵，小气。”黎青不爽地嘟囔起来，“不给我看拉倒，等会儿扛不动了也别喊我帮你搬！”

“本姑奶奶什么时候指望过咱黎公子啊？哎，废话少说，你刚说我们还要去哪儿来着？”

“去了不就知道了？”黎青反唇相讥道。

因为时间紧迫，黎青也顾不上那么多了，直接喊了辆人力车。没过多久，两人便站在了城内最大的舞场门口。黎青多给了车夫一块钱，让他在原地等候，不要离开。

李玉儿有点傻眼了，她完全无法理解这位大少爷在打什么如意算盘。

黎青故意浮夸地打了个响指："走啊，李小姐，我请你跳舞去。"

不过，这白天的舞厅自然是歇业的。黎青带李玉儿绕到后门，敲了敲窗户。里面的人见来的是黎青，二话没说就让他们进了屋，引他们去地下室。

与新潮又气派的舞厅不同，地下室的空间看起来有些年份了。即便如此，李玉儿还是很快就注意到，这里的每一道门全都是厚重的铁门，戒备森严，越往里走越是寂静。很快，他们终于通过了最后一扇铁门，来到了地下室的最深处。这屋里的男人跟黎青对视了一下，点了点头，目光落在了李玉儿身上。

"哦，这是我一朋友。您尽管放心，她人可比我地道。"黎青对那男人笑了笑，边寒暄边领着李玉儿进了屋。

"这舞厅的下面啊，是一个秘密钱庄。"黎青见李玉儿仍旧一脸疑惑，终于好好解释了起来。黎培松在世的时候，曾救助过当时一贫如洗的钱庄老板，两家人的交情很深。"我那些存折凭证都给炸没了，要正儿八经去银行取钱不太现实，只能来这儿了。"黎青告诉李玉儿，自己在这借了个地儿存放些零钱，钱庄老板也绝对是信得过的人，让她放一百个心。

黎青熟门熟路地打开了一个保险箱，里面除了一沓沓的现钞，还有不少"黄鱼"，看得李玉儿瞠目结舌："黎大少爷，你这'零钱'跟普通人说的好像不太一样啊……"

"这些大多都是我写小说和做股票赚到的，跟我家老头子做生意时候的流动资金比起来连个零头都算不上。这不是零钱，又能是什么呢？”黎青想起了父亲的事，无奈地苦笑了几声，往行李箱里装了些现钞，又顺手摸了几根金条带走。

取了钱之后，两人便径直赶往火车站。离约定的时间还有一个钟头。黎青怕杜宝桢的人会在车站设埋伏，一直提心吊胆地走着。李玉儿四处张望了一会儿，倒是觉得应该没有人追过来。没过多久，车站的入口便浮现出了那三旋和严锡九的身影，黎青这才稍微松了口气。正午时分，一行人踏上了开往南方的火车。

一上车，严锡九就说起，方才已经托了可信的警察朋友去处理陈德昌的事，也算是送老人家最后一程，其他的忙就帮不上了。

黎青面色凝重地点了点头。想起老陈，他又开始自责起来，双眼立刻蒙上了阴霾。

“所以呢，现在最重要的事情就是休息！”李玉儿见气氛沉重，狠狠地拍了一下黎青的肩膀，企图将他拉回现实，“我们几个都一晚上没睡了，之前也都是四处奔波逃命，现在好不容易有了个机会休息，一直说着痛苦的话题可没法睡着啊！”

李玉儿这一掌可没手下留情，拍得黎青直接跳了起来，还不小心撞到了脑门。严锡九看着这两个人打打闹闹的样子，不禁感到了一丝宽慰。“玉儿姑娘说的对。我看过一篇报道，说睡得少的人还容易得阿尔茨海默病。大家好好睡一觉，等恢复了精力，说不定就能想出更好的对策了。”

“你们这些读书人，一口一个洋文，我可整不明白！不过我是真的快累死了！”那三旋大大咧咧地躺在了床铺上，很快便打起了鼾。黎青心烦意乱，以为自己一定没法入睡，可不知不觉，眼皮竟沉得根本睁不开了……

"青儿……"

黎青听到一个熟悉的声音在唤着他的乳名。

"是……父亲吗？"

那个背影太过模糊，连说话的声音也跟着变得飘忽不定起来。

"……不能……让……灯……"

"你说什么？"

黎青企图坐起来，才发现身体根本动弹不得。那个背影停止说话，越飘越远。黎青用尽全身力气，终于从床上翻了下来，咚的一声掉在了地上。他再抬起头来的时候，看到的却是严锡九惊讶的脸。

"黎兄你……做噩梦了？"

哦。是梦。

"……我好像又梦到我父亲了。"黎青揉了揉脸，扶着床沿慢慢坐下，"所有人都跟我说我父亲死了，我却一直觉得他还活着。阿九，我这么固执是不是挺可笑的？"

严锡九听了这话，表情严肃了起来："我从不认为黎兄的这种想法是可笑的。既然活不见人死不见尸，我也更愿意相信叔叔只是下落不明——"

"哐！"

严锡九正想好好劝劝黎青，隔间的门却突然被李玉儿拉开了。

"你们还磨蹭什么呢！我都饿坏了！"

李玉儿气鼓鼓地站在门边，催着两人去餐车。严锡九一时语塞，不知道该接什么话好。倒是黎青跟个没事儿人一样，理了理头发就准备走了。

“来啊阿九，今儿这顿我请，可得好好犒劳犒劳你们！”

来到餐车，黎青大方地对李玉儿说，今天随便点，管饱。李玉儿也真没打算客气，两眼放光地喊了一桌子好菜，痛痛快快地吃了起来。看她吃得那么香，黎青的嘴角也跟着上挑，说道：“李玉儿，你说说，这桌上的菜你最喜欢吃哪一样？”

李玉儿咽下嘴里的红烧肉，指了指黎青面前的大盘子：“这个松鼠鱼！吃起来有咸有甜，口感很浓厚。而且，我从没吃过松鼠啊！以前坐火车，都只能买个四等座的票，吃的也都是自己带的干粮。没想到跟着黎大少爷出门，不但能坐卧铺，还能趁机饱一饱口福！”

黎青和严锡九听得面面相觑，忍不住笑了起来。严锡九刚想开口告诉李玉儿，松鼠鱼里其实没有松鼠，却被黎青抢了个先。

“你吃得满意就好。不过啊，这饭我也不是白请的。你得帮我做一件事情。”

“做什么？”李玉儿忙着扒饭，头也没抬，问道。

“帮我测一个字。”

“测字？你不是之前还口口声声说不信这些的嘛！说吧，要测什么呀？”李玉儿放下筷子，语气中带着一丝不解。

“也就是心血来潮，想知道我们这趟远门究竟会不会一帆风顺。明天下午我们得在浦口坐摆渡船过江。既然马上要到南京，就测一个‘宁’字吧。”

“……‘宁’字吗？”李玉儿沾了点水，在桌上写了个“宁”字，嘴里叨念起来，“不知真消息，消息蓦地来。月圆月缺夜，不许把门开。你测的这个字表面上看起来很安定，但此刻日薄西山，昼夜交替，这份安定怕是长久不了了……”

说到这儿，李玉儿迟疑地看了大家一眼。黎青点点头，示意她继续。

“‘不知真消息，消息蓦地来’不是很难解——我们会收集到各式各样的线索，其中肯定真假参半，良莠不齐。此刻一定要注意莫让假消息乱了阵脚，却错过了真相。而且，这真相也许并不是你我所期待着的圆满结局。再看这后半句，‘月圆月缺夜，不许把门开’。字面意思是说，这初一、十五的几天要留意门户，避免出行，但‘月’又同‘卯’，是说一个属兔的人会遇到危险，要格外留心……你们有谁是属兔子的吗？”

四人对视了一下，都摇了摇头。

“我是属虎的，阿九虽说小我一岁，却是龙年正月里生的……”黎青琢磨着，陈婉沫比在座的人都要小很多，肯定也不是属兔的。那么，这个需要留心的人究竟是谁呢？

黎青一行人在火车上彻底地休整了一番，恢复了些许元气。他们甚至趁着摆渡过江的工夫，在下关吃了些可口的淮扬点心。有李玉儿和严锡九一直陪着黎青说话，他的心情也不再像从前那样阴云密布了。他一直在思考自己让李玉儿测的字，却终究弄不明白其中的含义。黎青只知道，一下火车，他们或许会又一次暴露在危险之中……

一抵达上海，四人立刻动身前往租界，按照信封上的地址，找到了陈婉沫的住所。小巧的洋楼在这儿并不显眼，可对独居的女学生来说已经很奢侈了。黎青喊了半天的门，没有得到任何回应。这座小楼不但大门紧闭，连窗帘都拉得严严实实，从屋外根本看不清里头的状况。那三旋心中生起了不好的预感，正打算破窗而入的时候，邻居家的门忽然打开了。

“大中午的，吵吵嚷嚷地做什么呀……闹得我觉都没办法困了。”住在隔壁的老太眉头紧锁，以不悦的目光责问着黎青一行人：“你们几个找这家的小姑娘有事情啊？”

李玉儿见状，赶忙谎称自己是陈婉沫的表姐，从天津过来做生意，顺便看看表妹。“真的不好意思啊，阿婆，打扰到您午休了。之前还写信跟这孩子提过这几天就要来看她的，怎么偏偏不在家呢……”

老太一听他们是陈婉沫的亲眷，脸色马上和气了不少：“噢哟，是小陈的姐姐呀！你早点说，我上午还看到她出门的，肯定是去学校了呀！”她一边说着，一边拉着李玉儿的手，要请他们进屋慢慢等婉沫回来，似乎完全忘了睡午觉的事：“这个孩子懂事得不得了，平时没少惦记着我这个老太婆，就像我亲孙女儿一样贴心的……”

“阿婆，谢谢您啊。婉沫也常跟我提到您，她一个小姑娘家在外面读书，可多亏了您的照应呢。这不，我们等会儿还要赶去进货，阿婆也先好好休息，下次再陪您喝茶好不好啊？”李玉儿熟络地把老太哄进了屋，这才松了口气。

“行啊，没看出来你还有这一手？”黎青见她演得情真意切，忍不住揶揄。李玉儿白了他一眼：“那不然呢？放你们三个大老爷们干瞪眼啊？好了，这陈婉沫是不在家，现在怎么办啊？你知道她在哪儿读书吗？”

“那肯定得知道啊！”黎青转身就往大路上走去，拦下两部车，“去南洋公学。”

陈婉沫的学校和住所同在租界内，路程并不遥远。十多分钟后，他们便抵达了学校。黎青在门房打探了一番，得知陈婉沫正在上课，只好在大楼外面等着。

“话说回来，你以前见过陈婉沫吗？”那三旋望着眼前来往的学生们，问起黎青。

“小时候经常一起玩儿来着，到哪儿都跟着我。哦，阿九也见过她几面，不过你估计都不记得了……她在女中念书的时候我还在老陈家碰到过。”话虽如此，当年的陈婉沫还是名豆蔻年华的少女，现在，他心里也有点没底。

没过多久，楼里涌出的学生开始多了起来。黎青焦急地搜寻着目标，却没能找出那个记忆中的小丫头。眼看着人群渐渐散去，四人心中都有些失望。就在黎青快要沉不住气的时候，一个软糯的声音忽然在他耳边响起。

“您真的是青哥？”

黎青回过头，看到一位眉目如画的俏丽女孩，不由得愣了神，傻傻地点了点头。女孩的眼中装满了欣喜，情绪很激动："真的是您！我不是在做梦吧？！这么多年没见了，你居然一点儿都没变！"

眼前的女子长发飘逸，一副冰雪聪明的样子，深蓝色的旗袍虽然素雅，却是上等的好货，一看便是在书香之中成长起来的闺秀。黎青仔细辨认着她的五官，迟疑地问道："……你是婉沫？"

"除了我还能是谁呢！"女孩开心地笑着，眼眸中仿佛有两颗星辰在闪烁，"刚才同学说有人找我，我还在琢磨会是谁呢……我到现在都不敢相信自己的眼睛呢！您怎么会特地来找我呢？啊……这几位是？"

"他们都是我的朋友，跟你父亲也都是熟人。"黎青回过神来，赶忙解释，"见到你我可就安心了。我们这次来上海，是受老陈的托付保护你的安全。"

"我的安全？我挺安全的呀……爹真这么说的？他这周都没给我写信，不知道最近身体好点没……"陈婉沫歪了歪头，非常不解。

"还是老样子，咳个不停的……我劝他少抽点，没用。"黎青避重就轻地寒暄着，把老陈的噩耗瞒了下来，"对了，你说你父亲最近没有给你写信？他不是还给你寄过几本书吗？"

"对啊！上次爹明明回信跟我说啊，那几本书他马上就寄过来。我左等右等，到现在都没收到。我爹以前就老这样糊里糊涂的，肯定是给忘了，真是拿他一点办法都没！"陈婉沫嘟囔着嘴，不满地数落着老陈。严锡九听到这儿，打断了两人的谈话，提议先回陈婉沫的住处，再详细跟她解释其中的缘由。陈婉沫见气氛不太对，便收起了心中的雀跃，带着他们回到了家中。

陈婉沫的家中西合璧，格调高雅，看得出来她是一个很注重生活质量的女子。受父亲的影响，她自幼嗜书如命。和天津的老宅一样，屋里四处堆放着各色书籍。陈婉沫沏了一壶炒青招待四人入座，脸上仍挂着一丝疑虑："我平日不爱喝茶，家里只有这些了……对了，严先生刚刚提到有事要告诉我。青哥，这到底是怎么回事啊？"

黎青抿了口茶，和陈婉沫讲述了他因《三霄洞谜案》而遭遇的一连串怪事。他们误打误撞得到了"燃灯佛"这条线索，想再好好查一查与此相关的古籍，却发现这些书已经不在老陈那儿了。黎青认为陈婉沫是他们最后的希望，二话不说便来到了上海，没想到又一次碰了壁……

这段匪夷所思的亡命之旅把陈婉沫惊得花容失色，坐立难安："照青哥这么说，我的确也有危险……可是书我也没有拿到手啊，怎么会……啊！"她猛地从沙发上弹了起来，满面惊恐，声音里头带着哭腔，"我爹会不会有危险！那些坏人找不到书的话，肯定也不会放过我爹啊！"

眼见陈婉沫焦虑成这样，黎青的大脑顿时空白一片。对于老陈的死，他一直万般自责，此刻根本不知道该怎么跟婉沫交代。严锡九连忙安抚起陈婉沫，告诉她老陈已经被警局的朋友保护起来，非常安全，才让她稍许冷静了一些。

"你不要着急，我们这么想：书现在肯定不在陈伯伯家里，但过了那么长时间还没有送到你这儿，很可能是被人半路劫走了。你仔细想想，最近是不是发生过什么奇怪的事情？有没有被人跟踪过，或者有没有被谁监视着的感觉？"严锡九问道。

陈婉沫茫然地摇了摇头："这我倒真没注意过啊……这几本书吧，是我写论文参考用的。我跑了很多地方，却一直没能借到手，才托我爹寄过来救急的。没想到会碰上这种事情……"

"论文？我的确是听老陈提过，你本来要读中文系的，最后却选择研究古代史。你正在做的课题，莫非也和宗教有关？"黎青问。

"算是吧……可也不全是。我的这个选题争议很大，既涉及佛教，又和神话传说沾点边儿，连我自己的导师都很不看好。我读了不少前人的研究，越发觉得自己所提出的假说都被一一推翻了，心情烦闷得很。就在我想要放弃的时候，收到了我爹的来信。我忽然想起，过去爹经常跟我讲，他爱不释手的《增一阿含经》有一种不为人知的解读方法。我觉得这会是我研究的一个突破点，便趁着这股劲儿，把与之相关的记忆统统写了下来，又查了不少资料——"

"婉沫！你刚才说，《增一阿含经》有别的解读方法？还是老陈告诉你的？"黎青听到这条重大的线索，不由得眼前一亮。

"嗯，爹他以前没事就一个人捧着书叨念这事儿，我多少也有点记忆。凭着零星的印象，我自己已经推理出了点细枝末节。不过，没亲眼看到那本经书，很多设想还没得到验证。"陈婉沫说着说着，突然明白了起来："我之前就觉得很奇怪啊，《增一阿含经》是小乘法门的重要典籍，也很常见，理应当非常好找才对。可为什么我跑遍了上海大小书店，又托人问了好几所学校的图书馆，都没能借到一本呢？青哥，你刚才也提到了'燃灯佛'……难不成，这部经书对你们所说的黑衣人来讲极为重要？"

"婉沫你说到点子上了！我之前写小说的时候，多少也受了些老陈的影响。之前在天津我们本想寻求他的协助，奈何……哦，还是说说这本经书吧。我觉得当务之急还是找到《增一阿含经》，虽然不知道他们要拿这本书来做什么，但肯定不会是什么好事。”黎青觉得自己越发地接近真相了，情绪激动，险些说错了话。严锡九点了点头，对陈婉沫说：“眼下我们也没有什么别的线索了。婉沫姑娘，能跟我们详细说说你的那些研究吗？特别是《增一阿含经》的部分！”

“当然可以，就从经书的解读说起好了……我之前写到这部分的时候，应该留下些草稿在书房里。你们等我一下，我去找找看，这样讲起来会好懂一点。”陈婉沫说着，起身去了书房。现在轮到黎青如坐针毡了，他在客厅里来回踱着，对即将知晓的真相既好奇又畏惧。

“你们一直闭口不提老陈的事，能瞒得了多久啊？我觉得，还是得找个机会把实情告诉她。”一直闷声喝茶插不上话的那三旋对黎青的刻意隐瞒有些不满，“我知道两位少爷也是怜香惜玉，怕婉沫姑娘受不了。可她早晚都是要面对这事儿的，毕竟人家是亲父女啊……”

李玉儿也觉得，即便他们藏着不说，老陈的死讯也迟早会传到陈婉沫的耳中，同意道：“三旋说的也不是没有道理。这至亲的死，还是早点知道……”

“啊——！你放开——！”

李玉儿的话正说到一半，却听到二楼传来了陈婉沫的惊叫声，顿时愣在了原地。黎青一拍脑门，大呼不好，慌忙冲出客厅奔向二楼。

“是这边！”严锡九跟着黎青冲上了楼，听到走廊深处有东西翻落的声音，笔直地跑了过去。乱作一团的书房内，一个黑衣人正缚着失去意识的陈婉沫，企图逃离现场。见黎青他们追来，黑衣人没有丝毫的慌乱，带着陈婉沫跳下窗台，又利用钩锁稳稳地滑向了对面的屋顶。漆黑的斗篷宛若巨大的黑鸦，在楼宇之间无声地闪了几下，很快便消失了踪影。

“是我疏忽了……我想着这儿是上海，又是租界，肯定会安全一点，就放松了警惕……”黎青觉得自己害了老陈不说，又没能保护好他女儿，又气又悔，“我去追他们！”

“哎？你们帮我摁住他呀！快点！”李玉儿看到黎青被怒气冲昏了头脑，差点儿也跟着黑衣人翻窗跳楼，赶紧让那三旋拦下了他。

“三旋你放手！这事儿责任全都在我，我就是搭上这条命都要把婉沫带回来——”

黎青一边挣扎，一边吼着那三旋，可话还没说完，脸上便挨了李玉儿一击重拳，被疼痛和惊愕掀翻在地。

“你消停点儿！事情已经发生了，你以为只有你一个人在着急吗？再说，你知道他们往那儿去了？”李玉儿揍完黎青，气得声音都在颤抖。她环视四周，从地上捡起一张纸，又找出了笔墨，在纸上画了几个格子，“三旋，陈婉沫出事的时候大概是几点？”

“现在是下午两点，离婉沫姑娘被绑走过了不到五分钟吧。”那三旋好像知道李玉儿的打算，转身问黎青：“你可知道婉沫姑娘的生辰八字？”

黎青揉着肿起来的脸，费了好大的劲儿才从地上爬起来，既迷茫又无奈："这我是真的不知道啊……难道搞清楚这些就能救回婉沫？"

"不知道就算了，也没那么重要。你们先别说话，我需要集中精神。"李玉儿在纸上涂画着奇异的符号，嘴里时不时叨念几句，没多久，额上便沁出了大颗的汗珠。严锡九看在眼里，不禁有点担心，可自己对这些"歪门邪道"一窍不通，不敢贸然上前打扰。又过了一会儿，李玉儿才放下了笔，瘫坐在椅子上喘着粗气。

"人往东北方向去了，会藏匿在靠水地方。用神落宫下临太岁，大局八门，九星反吟……线索太少，不过婉沫姑娘暂时没有生命危险，明天之前能找到她的概率相当大。欸，你们谁身上带地图了吗？"李玉儿捂着胸口，仍没有完全缓过神来。她吃力地看了看严锡九手中的地图，圈出了黄埔江边的一块区域。"子时之前，婉沫姑娘应该会在这一带停留。再往后我就不确定了，所以要救人的话，得抓紧时间。"

李玉儿指出的地点，正是江海关大楼一带。目标缩小到了这个范围，营救成功的可能性大了很多。李玉儿在严锡九的搀扶下回到了客厅，边喝茶休息，边向他们透露："不过啊，这个陈婉沫绝非等闲之辈。难道你们之前从没察觉到吗？"

"这话是什么意思？"黎青不解。在他的印象中，婉沫幼年丧母，一直被老陈精心呵护着，如同无瑕的百合一般不谙世事。今天的重逢更是让他觉得，在动乱的年代里，如此至纯至真的女孩子着实少见。

"我小的时候不懂，学会奇门之术以后总喜欢给人起局算卦，可真的从没有哪次像今天一样大伤元气的，现在还晕着呢。替她摆这个局，有好些事情都参不透摸不着。我猜，婉沫姑娘很可能对自己的价值一无所知……说不定那些个黑衣人密谋绑架她已经有一段时间了。”李玉儿擦了擦脸上的汗，一字一句地解释道。

“这样看来……那人劫走婉沫必然另有打算，她的性命也许暂时没有什么危险。不过，我们还是得尽快行动。”黎青喝了一口凉透了的茶水，苦笑道，“我们才刚到上海半天，没想到这么快就又跟他们对上了。”

斜阳下的外滩车水马龙，繁忙依旧。“江海关大楼”自从建起之后就成为了外滩的标志，是外滩最气派的建筑之一。外面的钟楼也是哥特式建筑，这钟楼也有十层高，据说是仿造美国国会大厦的大钟所造，在美国造好之后直接运到上海进行组装。光是这个钟楼就花了白银两千多两，是亚洲第一大钟。

那三旋换了套深色的长风衣，鼻梁上架起了墨镜，宽边礼帽将他头顶的旋遮得严严实实。这身行头对平日里不修边幅的那三旋来讲有些夸张，可来到上海这花花世界，夸张才是最有用的保护。他不急不慢地来到江海关门前，和门口的接待说了句什么，便成功进了大楼里面。严锡九和黎青则坐在附近的咖啡厅里，假扮成商人的样子，暗中监视着每一个在旋转门里出入的人物。

“混是混进去了，接下来就要看他能套出些什么信息……”严锡九隔几分钟就看一眼手表，心神不定，总害怕会出什么差错。

“我看你还真别担心三旋。这人说着一口的黑话，心又那么细，经历过的大风大浪比我们多多了。”黎青一脸轻松地啜着咖啡，心里却比严锡九更为忐忑。两人装作谈生意的样子，假模假样地聊着天。半个钟头过后，换上旗袍踩着高跟鞋的李玉儿出现在了咖啡厅里。

“赵先生！真是不好意思，让你们等了这么久。”李玉儿身上穿的都是陈婉沫的行头。这一身墨绿色的旗袍，配上时髦的缎面高跟鞋，看起来竟十分贵气。她脱了外套，贴着黎青坐下，用力地娇嗔着，尽可能地让自己妩媚一点。见黎青眼里有笑意，便狠狠掐了一下他的胳膊，低声喝道：“不许笑！本姑奶奶都快憋死了！你不知道陈婉沫这鞋子有多难穿！”

黎青妥协地摇了摇头，扬手喊来服务生：“给这位小姐上一杯咖啡。哦，再加一份奶油蛋糕。”

“我在上海最高的派克饭店订了一个套间，已经把东西送上去了。倒是你们，怎么这么悠闲？三旋呢？”李玉儿仍旧敬业地假笑着，轻声地问道。

“这你放心，阿九对上海挺熟的，‘货’也都搞到手了。”黎青说着，踢了踢脚边的箱子。

服务生走了过来，为李玉儿呈上餐点。雪白软糯，蛋糕散发着甘甜的香气，把李玉儿的眼睛都看直了。她赶忙拿起叉子，往嘴里送了一大块。细腻的口感在口中瞬间融化，李玉儿从没吃过那么美味的点心。她又端起那咖啡喝了一口，却险些被那酸涩的滋味给呛着。

“你们点的这是什么中药汤啊？又酸又苦哪喝得下去！”李玉

儿三口两口地吃完了蛋糕，方才冲淡了嘴里的苦味。“对了，赶紧说正事儿。刚才我经过汇丰银行的时候……”

李玉儿四处张望了一下，确定周围没有别人以后，接着说道，“撞见了杜宝桢！”

“杜宝桢？！他也在上海？你不会看错了吧？”杜宝桢的名字把黎青都吓了一跳。毕竟这大概是他此时最不想听到的三个字了。

“我倒希望是自己看错了呢！买完东西往这儿走的时候，凑巧碰上好几个西装革履的人从银行出来。我看走在中间的人挺威严的，旁边几个年轻的像是保镖，还以为是什么大人物，就多看了几眼，没想到居然是他！还好我隔得远，没被他们发现。哎，你们说现在可怎么办啊？”

还没好好消化这突如其来的消息，严锡九便提醒他们，那三旋从海关出来了。

杜宝桢也来到了上海，并且此刻人就在外滩……这一点，让黎青不安起来，却又别无选择。

“按原计划，先和三旋汇合。交换一下情报，再看看接下来要怎么走。”

黎青咬了咬牙，决定道。

饭店大厅内，李玉儿挽着黎青，笑靥如花。严锡九则拎着大号提箱，警觉地观察着周围的情况。那三旋很快就发现了他们，默不作声地跟在后面进了电梯，顺利抵达了饭店顶楼。再三确认了楼层的安全之后，李玉儿方才掏出钥匙，打开了一间套房的门，引领三人进了屋子。

一关上房门，李玉儿立刻两脚一甩，挣脱了那倒霉的高跟鞋，连声抱怨：“为了救这位陈小姐，我也真是豁出去了！这旗袍我能换掉了吗？都没法好好走路了！”

“哎，衣服可不能换，等会儿还得出去呢。”黎青柔声安抚着李玉儿：“再说了，你穿旗袍比那些千金小姐都好看，我觉得你有机会应该多穿穿……”

“行了行了，俏皮话在我这儿没用！”李玉儿被黎青夸得浑身不自在，赶忙翻了个白眼岔开话题，“这回，我已经在屋子周围布好了阵，绝对安全。三旋，你在海关有没有打听到什么？”

那三旋卸下了伪装，点了点头：“我混进办公区，听到几个人在议论，有一批黄金要押运到天津。我觉得有点可疑，便借着自己的北方口音稍微打探了一下，得知这趟货是一位杜老板的，今天半夜就要运走，代号叫什么……‘千两金’。这么多的黄金，说是只有不到十个人护送，也不怕被劫？”

“杜宝桢！”黎青和李玉儿异口同声地喊了起来，把杜宝桢也在外滩的事情告诉了那三旋。“这下全都联系起来了……按照现有的线索，我认为这次‘千两金’行动只是一个幌子。就像三旋说的一样，真要有这么多黄金要运的话，戒备不可能如此松散。而且，杜宝桢千里迢迢赶到上海，怕是要亲眼确认比黄金更为重要的东西。阿九，你觉得呢？”

“我和黎兄的想法差不多。”严锡九说，“杜宝桢或许就是在上海劫获了老陈的《增一阿含经》，若是如此，必然会急于把经书运回天津。婉沫姑娘很可能是解读这部经书的关键，因此才被他们掳走。考虑到之前玉儿姑娘算出的时间，这‘千两金’行动真正要押送的，或许正是《增一阿含经》和陈家‘千金’。”

“可是杜宝桢的出现，对我们来讲又是一个变数……”黎青眉头紧锁，看了眼手表，“我们没有更多的线索，只能放手一搏了。阿九，你的方案不会出什么问题吧？”

“包在我身上吧，大将。”严锡九却异常冷静，打开了提箱，里面装满了瓶瓶罐罐。他掏出随身携带的笔记，仔细核对了起来，又让黎青帮忙点燃了烛火，看样子是打算调制什么东西。

“嗯。我这边没什么问题。倒是你们，若要和杜宝桢一决高下，可能真得换一身行头。”严锡九目不转睛地盯着手中的烧瓶，缓缓说道。

“这你们放心。”李玉儿翻开墙角的一个大木箱，和黎青相视一笑，“万事俱备，只欠东风。”

海关大钟在奏过威斯敏斯特进行曲后，又响了十二下，却敲不散上海滩的歌舞升平。斜风细雨中，没有人注意到一队车马正悄然越过外白渡桥，驶离外滩，一路北上，消失在不夜城的通明灯火中。三辆马车里装的全都是巨大笨重的木箱，而赶车和护卫的人无一不头戴漆黑的蒙面斗篷。这些黑衣人相互间一句话都不说，只听到车轮沉闷地滚动着。

车队径直奔向郊外，逐渐被幽深的树林所吞没。走在最前面的车夫察觉到不远处有两个黑影正候在路中央。靠近一些后，发现这两个人和他们一样，也戴着黑色的斗篷，看着像是自己人，便命令车队停了下来。

“上头接到密报，押运队伍之中有人心怀不轨，企图私吞黄金。”黑衣男子手持一把长刀，不由分说地拦在了车前，“我奉命前来排除异己。你等立刻下车，接受盘查！”

“慢着！”领头的车夫立刻警惕了起来，对盘查的事情将信将疑，伸手要去扯来者的面具，“我们的兄弟都由杜大人亲自挑选，真要有内贼……怕是说不过去吧？倒是你们俩，奉谁的命令？又替谁办事？”

“大胆！”黑衣男子怒喝一声，挥刀阻止那车夫，“你在杜大人身边待了多久，连我都不认识？速速配合审查，我就不计较你们的无礼了。”男子挥了挥手，示意身旁的同伙拿出了一盏造型奇特的宫灯，冷冷地笑了。

“是人是鬼，点灯便知。”男子将车夫拽到了灯前，划了一根火柴递给他，“发什么愣，点啊！”

车夫犹豫了一下，点燃了灯芯。绿色的火光跳动着，映照在他诧异的脸上，没等他反应过来，整个人便像是着了魔似的，脱力倒在泥地中，浑身不断抽搐。

“没想到啊，第一个逆贼这么快就显形了。”黑衣男子轻蔑地笑着，不断将人押至灯前。诡异的绿光一再亮起，转眼间，地上已经躺了六个不省人事的黑衣人。余下的两个同党见事有蹊跷，企图逃跑，却被最后一个黑衣人三下两下放倒在地。

拦下车队的行刑者扯下面罩，竟是李玉儿和黎青。而这最后一位黑衣人不是别人，竟是混成卧底的那三旋。他们里应外合，乔装成行刑队劫下车马，凭借严锡九调配的孔雀石灯油，使宫灯燃起绿色的灯火，骗过对方的眼睛。李玉儿又找准时机，巧妙使用烟雾麻药，成功迷倒了所有敌人。

“黎大少爷这次还真赌对了。以杜宝桢的身份，果然没和这批货同行。不仅如此，这些押运的伙计相互之间都不认识，怕是临时从上海各处召集起来的。”三旋撕下了木箱上的封条，打开一看，顿时傻了眼。

箱子里面根本没有什么黄金，全都是沉甸甸的砖块。

黎青并不感到意外，毕竟他们本就不是要劫财。更何况，若是真有那千两黄金的话，运输倒真成了大问题。三人一个接一个地翻开木箱，每个箱子打开，都只是砖块。而黎青也显得越来越急躁——这场行动不会又落入了敌人的圈套吧？

在翻遍了大大小小的箱子之后，最后只剩下一个大箱子。黎青颤抖着手搬开箱盖——

陈婉沫正无声无息地蜷缩在里面。

“婉沫！”黎青急切地正欲上前，却被李玉儿拦了下来。

李玉儿略通医术，上前简单检查了一下，发现陈婉沫只是昏了过去，“应该是被下了迷药，有点虚弱，但没什么大碍。”

听到婉沫没事，黎青终于松了口气。可他和三旋把三辆车翻了个遍，也没找到理应跟陈婉沫在一起的《增一阿含经》。

夜越来越深，黎青一行人只得先放弃经书，去和严锡九汇合。黎青抱起陈婉沫，发觉她身体冷得像冰，赶忙脱下身上的外套将她裹个严实。另外备好车马的严锡九，早在树林深处等候多时了，见他们顺利救出陈婉沫，心里悬着的石头总算落了地。

那三旋接过马鞭，提议由他来赶车，效率会更高一些。三人以尽量舒适的姿势安放好陈婉沫以后，挤进并不宽敞的车内，连夜驱车离开。

“虽然这次我们并没有和杜宝桢打上照面，还算幸运。不过《增一阿含经》的下落依旧是个谜。”成功营救出婉沫所带来的安定，并没有持续太久，黎青很快便又为踪迹不明的经书焦虑起来，“杜宝桢显然是带着《增一阿含经》走另一条路返回天津去了。我竟忽视了这样的可能性……”

“黎兄，你可不能这么想。如果今天你们劫下的车里押送的只有经书，却没能救出婉沫姑娘，这事情的发展可能会失控。”严锡九见黎青的眉头又习惯性地锁了起来，便拍了拍他的肩，替他分析起来，“眼下还有什么比她的性命更重要呢？”

“是啊！我们今天能救出陈婉沫，已经使出浑身解数了。亏你还是我们的‘大将’呢，能不能别这么患得患失好吗？”李玉儿附和着严锡九，对黎青一半安慰一半数落，竟逗得他笑了起来。

“怎么连你也叫我大将了啊！”黎青摇了摇头，心中依旧五味杂陈，“哎，你们说的都对，我也都明白，是我太过心急了……不过说正经的，这上海肯定是没法待下去了，天津也没法回。若真要避避风头的话，我倒是有个点子，去我老家河北。我总觉得这两年经历的事情，跟我父亲的失踪有点关系。回到故乡的话，说不定会有新的发现。”

“回保定？”严锡九好像并不太赞成这个提议，“你和伯父搬到天津快二十年了，老家的房子还找得到吗？”

“这你们放心。搬到天津以后，每年夏天我父亲都要回老家待上一阵子，我也跟着去过几趟……虽然自从他失踪以后，我就没再回过保定，也不太清楚那儿现在的状况。不过要找的话，总有办法。”黎青从车里探出半个身子，问起那三旋来：“三旋，这车得朝着西北方向赶。我们决定去河北躲躲！去保定。”

“保定？大少爷你疯了啊！你知不知道从上海到保定有多远哪？”那三旋还以为自己听错了，吃惊地大笑起来，“你要是说想去宝应，咬咬牙也就到了。真去河北，这破车可消受不起。”严锡九简单地算了一下，若真的凭这部马车，他们最少也要花掉三周时间才能抵达保定，的确不太现实。四人商议之后，准备在南京稍作停留，再决定要不要去河北。

第六章

黎家老宅

颠簸了三天之后，一行人总算抵达了南京下关，找了间寻常的旅店歇脚。陈婉沫的情况，比预估的更糟，她始终没有完全恢复意识，又发着低烧，偶尔醒来，也尽说些胡话，连混迹江湖多年的李玉儿，都闹不明白她中的究竟是什么毒。不过，这李玉儿干别的事儿总是很粗，照顾起人来却细致入微，百般操劳，到了南京后才找到机会休息了一会儿。严锡九和那三旋都很反对黎青的保定提案，因为即便是坐火车，也要辗转多次才能到达。他们带着陈婉沫，行动很不方便，若是遇到险情，更是难以自保。黎青不是不明白这个道理，可他心里既放不下无依无靠的陈婉沫，又迫切想解开所有的谜团，一时之间也犹豫再三起来。倒是李玉儿，这次竟毫不犹豫地站到了黎青这边。

“去保定也不是不可以啊，离天津也挺近的。再说，我们死里逃生这么多次，还有什么好怕的呀！”看着这群老爷们儿优柔寡断的样子，李玉儿就气不打一处来，“你们啊，也有点担当好不好？人好不容易救出来了，总该管到底吧？照顾婉沫姑娘的事儿就交给我，有需要你们的时候搭把手就行了。与其在这儿拿不定主意，不如再信黎大少爷一回呗！”

李玉儿的一席话令黎青有些诧异。大家在一起经历了那么多风风雨雨，她还是第一次对黎青如此地信任。听到李玉儿都发话了，严锡九和那三旋也就没再坚持。他们决定次日便前往浦口，乘火车前往河北。

和严锡九设想的一样，这趟旅途远并没有嘴上说的那么轻松。

他们先从浦口坐车到了徐州，再换车前往开封，几经辗转来到郑州，才搭上了京汉线。为了照顾行动不便的陈婉沫，黎青买的都是最豪华舒适的一等坐票，虽说比去上海的时候多花了不少钱，倒也没有表现出丝毫的心疼。在火车上待了两天两夜之后，一行人终于到了黎青的故乡。此时的保定，已和十几年前大不相同，黎青叫了几辆车，拿着地图用土话和伙计讲好了价，花了小半天的时间，终于找到了黎青出生长大的老宅。

黎家老宅是座传统的四合院，足足有十余间房，还设有独立的佛堂。黎青的父亲黎培松失踪以后，空关了很久，再也没有人打理。李玉儿帮黎青一起，收拾出东边的厢房，将陈婉沫安顿妥当，又说要去看看厨房，便拉着那三旋走了。严锡九在院子里生起煤炉，准备先烧点水解渴。看到自己出生长大的老宅逐渐有了生气，黎青不禁想念起自己的父亲。他回忆起从前父亲每次出远门回来，都会先去佛堂上一炷香。黎青找到了佛堂，好好清扫了一番，学着父亲的样子，虔诚地焚了一支香。望着熟悉的观音画像，黎青好像有点明白父亲的心境了，却又觉得自己对亲生父亲竟然一无所知……

黎青在佛堂里一直待到太阳下山，才想起要回正房。他急匆匆地赶回院子，发现李玉儿和严锡九一个煮饭一个做菜，眼看就要把晚饭给做好了。见黎青回来，李玉儿佯装生气，数落他“刚一回家就又当甩手掌柜”。

“黎兄你去洗把脸。大家都累了，好好吃顿饭吧。哦，我看你在佛堂里面想事儿，就自作主张跟周围邻居借了点柴米油盐，先凑合凑合。”严锡九端着两碟炒菜，招呼黎青坐下。没过多久，那三旋竟提着一坛子酒回来了。

“保定还真是个好地方。附近有家人自己酿的米酒，还特别香。我磨破了嘴皮子，硬是买了一坛回来，今晚咱就喝个痛快！”

“要喝你自己喝去！别光顾着说话，饿都饿死了，快点吃饭！”李玉儿跳到桌前，尝了尝严锡九炒的菜，惊讶地瞪大了双眼，“不是吧……为什么你一个大男人做饭比我做的饭还好吃呀！”

“你哪能跟他比呀！阿九的爷爷是开饭馆的，从小把他当厨子培养，没想到这小子就是喜欢念书，非要读大学，闹得跟家里断绝了关系。”黎青边吃边笑，有一句没一句地说起了往事，聊他和严锡九到处闯祸的童年，聊他开始写小说的契机，也聊他和父亲之间的解谜游戏。

“对了，三爷，玉儿，也跟我们说说你们的故事呗。”黎青说着，想起自己对这二位伙伴的过去还不甚了解。

那三旋听了，笑了笑，自干了一杯酒，也打开了话匣子。

他和李玉儿都是孤儿，各自被师傅收养，恰好师傅都是盗墓贼，后来他们两个和汪麻子就组了组合，在江湖上闯得颇有名气，但是没有想到汪麻子竟然会死了，而且死得那么蹊跷。

那三旋说了他们两个在盗墓时候所遇到的事情，讲到了尸气，讲到了在盗墓之中的许多未解的事情，听得黎青就一直心惊，并且说等到自己时间空余了，一定要以他们三个人为蓝本来创造小说。

只有严锡九会轻描淡写地戳破，“所谓的尸气，不过是那些尸体在腐烂的时候所产生的一氧化碳，若是人不小心闻到那么多的一氧化碳，自然会因为一氧化碳中毒而死。”

这种事情自然惹得李玉儿十分不满，急忙朝着严锡九问道，“那你呢？你小时候怎么过的？”

严锡九推了推自己鼻梁上的眼镜，还没有来得及回答，倒是黎青抢先回答道，“哈哈……他么？他自然是有赛先生和德先生陪着的。”

“那是什么？书童么？”李玉儿和那三旋两个人都露出了疑惑的神色来，惹得黎青一阵开怀大笑，“哈哈……那是科学知识。”

严锡九也不恼，“这世间的一切都可以用科学来解释，暂时不能解释的部分，只是还没有分析出来罢了。”

“哼！”

李玉儿认为严锡九简直是个榆木脑袋，不可理喻。黎青见状，赶忙举起酒杯说：

“好啦好啦，来干杯！”

气氛这才缓和下来。黎青于是又打开了话匣子：

“……当初上大学的时候，我和九哥也在一块儿，那时，咱俩可是一文一理，在学校并肩第一啊。”黎青得意地回忆着。

“大将，你别光拣这些风光的事儿说啊。诶，你大学里那个初恋女友，叫什么名字来着？”严锡九看到黎青兴高采烈的样子，忍不住想损一损他：“好像叫什么李潇湘，我记得没错吧？那可是段轰动一时的罗曼史——”

“阿九，不，九哥！这肚块烧得真是太入味了！你可得多吃点儿！”黎青一听严锡九要揭他老底，赶紧往他嘴里塞了几筷子菜。

“咱们这位大少爷，在天津城里可是出了名的风流倜傥，想不到还有不能提的往事呵！严兄你待会儿可得悄悄地告诉我！”

“哎哟三爷，小的求求您开开恩饶了我吧。来，我陪你喝一杯！”黎青是没想到那三旋竟也顺着严锡九的话臭起他来，瞬间哭笑不得。

“喂喂喂，你管严兄叫‘九哥’，又喊三旋‘爷’，那你倒是说说，该怎么称呼本小姐啊？”李玉儿在一旁看得拍桌大笑，加入了调侃黎青的队伍。黎青撑着脑袋，愣愣地盯着李玉儿的脸，看得出神：“这我可要好好想想……嗯，按辈分啊，得尊称你一声‘李大娘’才好！”

“哎，你什么意思啊你！上次揍了你左脸，是不是右脸也该来一下了？”李玉儿见便宜没占到，反倒是被嘲讽了一通，气急败坏地追着黎青就是一顿饱揍，打得他连声求饶。

这般欢闹的情景，黎青已经很久没有见到了。饭后，李玉儿去厨房洗碗，严锡九在一旁帮忙收拾。那三旋执意要拉上黎青，就着清亮的月色小酌一杯。

“三爷，你们可是损够了我啊！”虽说黎青总爱混迹于夜场，酒量却着实不怎么样，几杯浊酒下肚，舌头便大了起来，“我从见你们第一眼，就觉着你跟李玉儿啊，肯定有故事……三爷就老实交代了吧，你是不是喜欢她？”

“说你喝多了还嘴硬！”那三旋仰头喝干了最后一滴酒，笑着反诘：“你知不知道江湖上是怎么称呼她的啊？‘鬼见愁’啊！鬼都不找她，谁惹谁倒霉！不过啊，说老实话，我看着她长大，当她是亲妹妹，还真挺担心她嫁不出去的！不知道谁能有胆子娶了她呀，也算是帮了我一个大忙。”三旋说罢，夹起一颗花生米丢进嘴里，用筷子尖儿戳了戳黎青刚被揍出来的乌青。黎青被他戳得生疼，摸了脸傻笑，却又不知道在笑什么。

久违地在老家醒来，对黎青来讲，又是一种不可思议的体验。有那么一瞬间，他恍惚觉得自己仍是那个六七岁的孩童，推开门便能见到博学慈爱的父亲。

四个人在院子里吃了简单的早餐，黎青说想再去佛堂看看。最喜欢求神拜佛的那三旋表示他要一起去，李玉儿也想到处参观一下，决定陪他们一起去。只有严锡九仿佛什么都没有听到一样，静静地吃完了点心，说今天轮到他照顾婉沫姑娘，端起一碗米汤便往东厢房去了。

李玉儿看了看严锡九，又看了眼黎青，无奈地耸了耸肩。来到佛堂，黎青先点上两只蜡烛，又在桌上放了些瓜果作为贡品，最后才点上三支香插在香炉中。那三旋和李玉儿也跟着上了香，祈求观世音菩萨保佑他们一切平安。很快，原本冷清的佛堂，顿时变得烟雾缭绕、烛影重重起来。李玉儿磕完头起身的时候，察觉到供奉着的观音像有重影，以为自己被烟香熏得看错了，便揉了揉眼睛，又看了好久，可重影依旧没有退去。李玉儿赶忙拉黎青过来，可黎青并没有觉得有什么不妥，权当是年代太久，画纸泛黄模糊了。

李玉儿隐约觉得事情没有那么简单，皱着眉头盯着画像看了许久，突然变了脸色，对着黎青大喊道：

“取烛火来！”

黎青被她这么一喊，浑身一颤，也没犹豫，拿起供台上的烛火就递了过去。李玉儿小心翼翼地从墙上取下了画像，慢慢靠近烛火，没想到重影竟越来越清晰，而浮现的图样让黎青和李玉儿两个人脊背上都一阵发凉。

图上的观音竟渐渐变成了另一位佛祖，而那正是他们这些天来的噩梦——

燃灯佛。

像是被一道惊雷劈中，黎青感到浑身发麻，额头上冒出了密密麻麻的汗珠。他的脑中乱作一团——父亲虔诚祭拜观音像的样子，他不知见了多少次。他是怎么也没有想到，在自己出生的老宅中会供奉着燃灯古佛。父亲是什么人，自己又是谁？关于燃灯佛，父亲到底了解多少？……黎青头一次察觉到，对于父亲，自己竟是如此的无知。

黎青自小敬畏父亲，毕竟父亲是这十里八村最有名的人，不但是如此，父亲也时常帮助周围的人。

他无论如何都不能将父亲与燃灯佛的组织联系起来。

要知道，他所看到的燃灯佛做的是开人头颅，取人魂魄的恶行。他绝对不相信自己的父亲会做出这种事情来。

他甚至都不敢抬头去看李玉儿和那三旋，燃灯佛可正是他们的血仇啊……他们会怎么看待自己……黎青沉沉地低着头，像是被千斤的重物死死压着一般，怎么也抬不起来。

就在这时，黎青感觉自己的肩膀被重重地拍了一下。他这才不得不抬起头，看到竟然是玉儿关切地看着自己。

“对不起……我一时激动，就……没顾及到你的感受。”

黎青一愣，然后惨然一笑。

“说什么呢，这可是大发现。我倒是不知道该如何是好了。”

那三旋摇了摇头。

“我们江湖人，冤有头债有主，你救过我和玉儿的命，我们不会随便怀疑你。”

玉儿也坚定地看着黎青：

“我知道你现在心情复杂。但是我相信你。不管你的父亲是什么背景，我都相信你的判断。退一万步说，就算你的父亲真的是我们的仇人，我也相信你会给我们一个公正的答案。”

她语气严肃而又不失关切，说得黎青心中一暖。

就在这时，本该待在厢房的严锡九忽然出现在了佛堂门前。

“她醒了。”

严锡九说着，脸上却看不出丝毫的喜悦。

黎青等人急急忙忙地跑到了东厢房，只看到陈婉沫已经坐了起来，目光直直地看着窗外。而当看到黎青他们从门外走进，她又硬是把头转了过去，回避了黎青等人急切的眼神，直愣愣地盯着墙壁。

黎青把这幕看在眼里，当下却没细想，只是热切地说：

“婉沫，你醒啦。”

陈婉沫没有回答，只是直勾勾地看着墙壁。黎青只当她是不是还不太舒服，关切地问道：

“怎么了？还有哪儿不太舒服吗？”

婉沫深吸了一口气，突然猛地转过来，看着黎青。黎青对上她的眼神，心里不禁咯噔了一下——陈婉沫的眼睛里满是悲切，像是一潭死水。还没等黎青开口，两行清泪就倏地流了下来。黎青心中一沉，也把原因猜到了八九不离十。

“……为什么不告诉我？”陈婉沫的声音压得很轻，但却依然不住地颤抖着。

黎青低下了头，避开了陈婉沫的目光。严锡九和那三旋此时也不知道说什么好，倒是李玉儿打破了沉默：

“婉沫妹妹……我们只是不知道该如何向你开口……不想让你难过……”

陈婉沫紧紧咬着下嘴唇，几乎要咬出血来，也不答话，只是死死地盯着黎青。

“你们在利用我。”过了好一会儿，她才从牙缝里挤出了这几个字。

“我们只是想帮你。”严锡九说，“我们在天津发现陈叔叔……那之后就害怕你也出事，立刻就到上海来找你了。”

“那只是想要那本书吧。”陈婉沫冰冷地说道。严锡九也一下子语塞。

“你们不告诉我，说什么冠冕堂皇的理由，只是不想让我失控，好让我保持理智地告诉你们你们想知道的话！”

李玉儿、严锡九和那三旋都不知道再说什么好，觉得有些委屈却又无法反驳，无话可说。

黎青没有抬头，过了半晌，开口对严锡九他们说：

“让我和婉沫单独待会儿吧。”

严锡九点了点头，给了那三旋一个眼神。李玉儿开口想说什么，却被那三旋阻止了。于是三个人无言地走了出去。只有李玉儿，在离开房间的时候又回过头看了一眼，严锡九拍了拍她的胳膊，她才走了出去，带上了门。

“婉沫……”等三人都出去后，黎青才终于抬起头对陈婉沫说，“我一直都很担心你的安危。”

陈婉沫又把眼光投向墙壁，不再说话。

“杀害你爹的凶手……可能也就是杀害我爹的凶手。”

听了这话，陈婉沫才转过头来，满脸惊骇地看着黎青。

“黎叔叔……也是被害了？”

黎青摇了摇头。

“还不知道，但是恐怕……也和他们脱不了关系。”

黎青说着把刚才在佛堂的发现跟陈婉沫说了。

“当然……还有一种可能。”黎青低着头，没有看陈婉沫，极力地控制着声音中的颤抖，“虽然我也不想这么说，但是有可能……我爹是杀害你爹的那些人的同伙。”

陈婉沫闻言，立刻抓住了黎青的手。

“黎叔叔不是那样的人，”陈婉沫坚定地看着黎青，“我相信他。你也要相信他。”

黎青这才抬起头，感激地看着陈婉沫，点了点头。

“我一定会找到那帮杀人凶手的。”黎青把杀人凶手几个字咬得特别重。

陈婉沫轻轻地拍了拍黎青。

“还有……对不起。我之前真的不知道怎么向你开口。”黎青懊恼地说。

“不，没关系，”陈婉沫摇了摇头，“我只是……不知道怎么面对……谢谢你，我冷静多了。”

黎青看着陈婉沫，笑了笑，点了点头。

“那么，”黎青严肃了起来，“能不能告诉我，那本《增一阿含经》里到底有什么？”

“……如果你脸别变这么快就更好了。”陈婉沫苦笑着。

“这也是形势所迫。”黎青无奈地说。

“其实对于《增一阿含经》，我的了解也仅限于佛经方面。”陈婉沫也严肃起来，“不过确实听我爹说过，我们家的这本《增一阿含经》，是特别的抄本。”

黎青皱了皱眉：“特别的抄本？特别之处在哪？”

陈婉沫摇了摇头：

“这我就不清楚了。但是我爹常说他‘在等一个信号’，而这个‘信号’应该和家里的经书有关。我猜想，我家的这部《增一阿含经》中藏着一个谜团。而我爹，可能花了一辈子的时间都没能解开这个谜……他所等的信号，是不是一个暗示，或者是——”陈婉沫注视着黎青的双眼，一字一顿地说道：“一组密码。”

“密码……这个推测很有趣。不过换作是我的话，大概会认为密码是藏在了《增一阿含经》中的。”陈婉沫的假说好像并没能打动他。黎青接着问道：“你应该亲眼见过那本经书吧，难道没有发现过什么值得留意的地方吗？”

“从经书的内容上来讲，和普通的《增一阿含经》抄本并没有任何区别。但这恰恰才是最奇怪的地方……”陈婉沫提起了另一件往事：“十多年前曾经有位古书商人找到我家，只为看一眼这本独一无二的《增一阿含经》。听那人说，这本经书的纸张与版式和市面上流通的所有《增一阿含经》都完全不同，年代又非常久远，有很大的收藏价值。那人开下天价要买这本书，却被我爹婉言拒绝……我爹称赞那位书商确实识货，可再多的钱也给不了他真正想要的东西。过去，我也曾以为，父亲是想解读经文中的谜题，因此偶尔也会趁他不注意的时候悄悄翻看这本经书。许多年过去，我渐渐意识到，若经书中真的蕴藏着什么谜题的话，以父亲的才能肯定早就解开了。所以我觉得，我家的这部《增一阿含经》，很可能是解开另一个谜团的密码本。”

这一番话倒是引起了黎青的思考。他刚要追问下去，却被敲门进来的李玉儿打断了。

“我刚才又去了一次你家的佛堂，有了新的发现！喏，这是在菩萨像底下找到的。”李玉儿兴冲冲地递给黎青一张纸条，没想到黎青竟毫不领情，不快地责问她怎么能擅自乱动家里的东西。李玉儿想像往常一样反驳，却又觉得理亏，脸色顿时沉了下来。陈婉沫拉住了黎青，劝他先听李玉儿把话说完。黎青接过字条，只见两指宽的纸上写着“东风飘摇神风瑟瑟”八个小字。

黎青总觉得在哪儿见过这句话，一时又想不起来。倒是陈婉沫立刻就反应过来了：“这句话出自楚辞里的《陌上桑》。这句话本应该是‘东风飘摇神灵雨，风瑟瑟’才对。这里少了两个字，会不会是一则缺字谜呢？”

“灵雨寺！”黎青马上联想到了本地的一座古刹，不由得兴奋了起来，“婉沫你毕竟研究了这么长时间的古代史，这下子真的帮上大忙了！”

“哪有你说得那么厉害，我只是平时喜欢这些诗词歌赋罢了。”陈婉沫不好意思地笑了笑，“灵雨寺离我们住的地方远吗？既然有人有心留下这条线索，我们是不是应该赶去看看？”

“我觉得不妥。咱们好不容易从上海逃到了这里，本来就是想躲一躲风头的。还是避免抛头露面随意外出才好。”李玉儿仍旧有些不悦，强硬地反驳道。

黎青摇了摇头。

“我觉得婉沫说得有道理。好不容易有条线索，应该赶紧查清楚。”

没想到李玉儿听了这话，更是火冒三丈：

“好，人家说得对，我就是胡闹！”

说着，便转身冲了出去。黎青看着她的背影，然后和陈婉沫面面相觑。

“青哥啊……”陈婉沫苦笑着摇了摇头。

“……是我的错吗？”黎青哭笑不得。

黎青一回到堂屋，严锡九和那三旋就迎了上来。

“刚刚玉儿怒气冲冲地出来，问她也不理我们，径直就冲进自己房间把房门甩上了。怎么回事？”严锡九问。

黎青只好把刚才发生的事情一五一十地说了。

“这当然是你不对。”严锡九严肃地说。

“黎公子啊……我还以为你很会应付女孩子呢。”那三旋也摇摇头说。

“我这不是……唉……但我们是应该赶紧去灵雨寺看看。”黎青说。

“同意，不过……”严锡九朝李玉儿的房间努了努嘴，“这个你得先搞定。”

那三旋也应和地点了点头。黎青揉了揉额头，叹了口气，朝李玉儿的房间走去。他先是敲了敲门，没有反应。接着各种向李玉儿道歉，好话说尽，最后也只得到了一句“走开！”

黎青只得无奈地退了回来。向严锡九和那三旋摇了摇头。

“我尽力了……”

那三旋和严锡九也很为难地面面相觑。

这个时候，陈婉沫端着一壶茶走了过来。黎青赶紧迎了上去。

“婉沫，你怎么起来了。”

“玉儿妹妹的事也算是因我而起。”陈婉沫说，“我泡了一壶茶，给玉儿妹妹端茶赔罪。”

“还是算了吧。”那三旋苦笑着说，“现在谁去找她，都是添堵。”

陈婉沫询问地看了看黎青，黎青也摇了摇头，陈婉沫只好把茶放在了案几上，坐了下来。

“要不这样吧。”严锡九说，“你和三爷先去灵雨寺，我在这儿陪着婉沫姑娘和玉儿姑娘。”

“我留下来陪玉儿更合适。”那三旋说。

“去灵雨寺，不知道会遇上什么，而且找线索，三爷你跟着更好。”严锡九摇摇头，“这里也不会有什么危险，我留在这儿就是有个照应。”

那三旋和黎青想了想，都点了点头。

“……我也要去。”陈婉沫突然说。

黎青回头一看，竟是陈婉沫不知道什么时候走了过来。三个人都大吃一惊。

“这怎么行！”黎青立刻拒绝，“婉沫你大病刚醒，怎么也不适合冒这个险。”

严锡九和那三旋也纷纷附和。

“事关我父亲的仇，”陈婉沫目光中是前所未有的坚定，“我比任何人都有权参与。”

黎青对上了她的目光，深深地看着她，随后点了点头。

严锡九想说些什么，然而黎青却阻止了他。

“婉沫说得对。她有权和我一起。”

严锡九也不再说什么，那三旋点了点头，于是三人便准备朝灵雨寺出发。

“对了，九哥。”临走前，陈婉沫回头对严锡九说，“那茶要是玉儿不喝，你就喝了吧。”

严锡九愣了一下，点了点头。

虽是冬日，然而保定的晴天也显得格外明媚。灵雨寺此时虽然没有绿意盎然，倒也显得十分宁静。游客三三两两地走着，河畔冬日的枯枝，显出几分肃杀的美。

也许是很久不曾外出，陈婉沫显得有些兴奋，东瞧西看，表情天真得跟孩子似的。而黎青也被陈婉沫所感染，心情放松许多。唯有那三旋，依然十分警惕地看着四周的情况，一见到穿黑衣服的，就变得紧张起来。但他们寻找了半天，也没个头绪，不知道该去哪儿寻找，更不敢向人打探。

这边黎青和那三旋两个人正在聊天，说的正是雍正女儿的故事，走在前头的陈婉沫也在聚精会神地听着，三人聊得十分开心。却没有想到一个路人直接朝着他们撞了过来。

陈婉沫走在最前面，那人撞到了陈婉沫，只白了她一眼，低喝了一声，“走路不长眼睛啊？”

然后直接走远了。

那三旋见状立刻眉头一皱眼睛一瞪就要上前找那人讨个说法，却被黎青拉住了，“我们现在出门在外，还是少惹麻烦为好。这样吧，我们也走累了，去后院休息一下吧。据说灵雨寺有一片碑林，这可是灵雨寺的一大特色。”

说完，黎青指着一条小道说道，“我看好多人都在往里面走，应该是这里了。”

等到了碑林之后，黎青和那三旋两个人又坐了下来休息，只有陈婉沫似乎倒还很精神，在那里一个个仔细地察看碑文。

黎青的目光一直落在陈婉沫的身上，那三旋拍了拍黎青的肩膀，“玉儿那里……”

黎青低了一下头，再抬起头的时候，目光便澄澈了几分，但依旧觉得这阳光有些刺眼，“玉儿的性子实在是太烈了，我都不知道要怎么办了。”

那三旋意味深长地看了看陈婉沫，又看了看黎青。

“想什么呢？”黎青捶了那三旋一下，“我和婉沫小时候就认识，她就像是我的妹妹。”

那三旋听他这么一说，倒是嘿嘿一笑：

“那也就是说玉儿是……”

黎青赶忙止住了那三旋的话头：

“别瞎说！”

他还想说些什么，却没有想到此时陈婉沫传来了一声惊呼，“陈德昌！”

黎青和那三旋都是诧异地朝着她看去，他们当然记得，这就是陈婉沫父亲的名字。他们立刻朝陈婉沫的方向走去。

而陈婉沫此时正用手指抚摸着陈德昌的名字轻轻抽泣着，看到黎青过来，就忍不住直接扑到了黎青的怀里，“青哥，这是我父亲的名字。我以为……”

黎青一边轻轻拍打着陈婉沫的脊背安慰着她，一边说着些安慰的话。

“黎青！”

突然，那三旋的一声大喊让黎青吓了一跳，他把目光转过去，只见那三旋瞪大了双眼，看着石碑上的一处地方。

“你过来看！这个名字莫非……”

那三旋指着石牌说，顺着那三旋的目光看去，一个熟悉的名字直接映入了黎青的眼帘。

在一大堆字之中，隐藏着苍劲有力的三个字。然而无论如何，黎青也不会看错这三个字：

黎培松。

黎青震惊了，他不知道为什么在这里竟然会看到自己父亲的名字。他的心脏像是被什么重重地捶了一拳，开始剧烈地跳动起来，一种兴奋的情绪涌了上来——他知道，他离答案又近了一步。原本无精打采的他，眼神立刻亮了起来，仔仔细细地研究起了这块石碑。

而陈婉沫就站在黎青的身后，目光似乎落在石碑之上，又似乎落在黎青的身上。

看了半晌，那三旋也只看出来这是一篇游记，大概就是黎、陈二人来到灵雨寺游玩，看到这一切便忍不住怀古叹今，其中多是感慨之词。严锡九皱着眉头，而那三旋则是抓耳挠腮。

“还以为有什么关键线索了呢。”那三旋失望地嘀咕道。陈婉沫则轻拍了他一下做出了个噤声的手势，努努嘴示意他看黎青。

只见黎青一个人在石碑面前蹲着聚精会神地看着。他就这样看了有足足二十分钟，将石碑上面的每一个字都仔仔细细地看了又看。终于，他露出了一丝微笑。

“青哥，你发现什么了？”

陈婉沫看到黎青的笑，立马明白他是有所得了。

黎青点点头，指着其中的几个字问道，“你们有没有发现这几个字有什么不同？”

“什么不同？”那三旋看了半晌也没有发现其中有什么不同，不好意思地挠了挠头。

黎青还没有回答，就听到了陈婉沫清丽的声音，“字体不同。”

黎青赞许地点了点头，“对，确实是字体不同。”

一般人都不会注意到这个细节，但是黎青很小的时候，父亲黎培松就跟他玩字谜游戏，不管是字体还是偏旁，甚至是一个点黎青都不会错过。

黎青指着“奎”“星”“壁”“房”这四个字对着众人说道，“你们看，这几个字与其他字的字体迥异。为何非得要这几个字体是不同的呢？”

这样一来，四个人便带着疑问一块块地去看其他的碑文。

“真的！”陈婉沫说，“只有这四个字字体不同。”

“奎，星，壁，房……”那三旋皱了皱眉。

“看来三爷也想到了。”黎青露出了微笑。

“什么？”这回倒是换陈婉沫不解了，“这四个字是……啊！”

“没错。”黎青朝陈婉沫笑着，“婉沫你学中文的肯定也接触过，这就是二十八星宿里的四颗星。”

“但是为什么要写这四颗星呢……”陈婉沫又提出了个问题。

“四颗星……可能是四个位置……”黎青也陷入了沉思，“三爷！你知道这些星相的位置形状吗？”

“哈哈，你这可真问对人了。”那三旋立刻从随身的包裹里拿出了一张地图，三人中要论星相风水知识，没有人比那三旋更熟悉。

“多谢多谢。我想想……”黎青打量着地图上各个地方的位置，

“三爷，你看如果灵雨寺的位置是白虎宫的话，其他星会落在什么地方？”

“找到了！”那三旋很快就确定了位置，“白虎宫的位置是……啊……这里……”

那三旋指了地图上的一个地方，然后自己就吃惊地睁大了双眼。黎青则露出了满意的微笑。陈婉沫不解地看着他们。

“怎么了？这里是哪儿？”

“这就是我们刚刚来的地方。”黎青自信地笑着，“黎家老宅。”

陈婉沫也吃了一惊，立刻看向了地图。

“那剩下两个呢？玄武和……朱雀？”陈婉沫急忙问道。

那三旋思索片刻，很快又指出两个地点。

“这一块，”他指了指地图上显示着“河北大学”的地方，“是玄武。而这一片，差不多是朱雀。”

“河北大学……”黎青想了想，“没错，我爹就是在那里读的大学。好像和你爹还是同学呢。”

陈婉沫瞪大了眼睛。

“那我们赶紧就去那儿看看？”

“不。”黎青摇了摇头，“河北大学正在重建。而且既然是燃灯佛……”

他把目光落在了地图上的另一个地方。

“那当然要去有光亮的地方。朱雀，火凤凰，涅槃，燃烧。”

他用手指轻轻地点了点那个位置——

圣伯多禄圣保禄主教座堂。

等到他们来到了圣伯多禄圣保禄主教座堂，太阳已经快要落山了。黎青走在前面，满心都是看到父亲的信息和谜题的兴奋。而陈婉沫已经有些疲累了，跟在黎青的后面。那三旋依然警惕地注意着四周。

“虽然说是地图上指着这里，但是这里这么大，我们要往哪儿找？”陈婉沫向黎青问道。

“朱雀，凤凰，涅槃。”黎青喃喃地念着这几个字，“天主堂……莫非在那里……”

“想到什么了？”那三旋小声问道。

“跟我来。”黎青轻声示意二人。

黎青带着二人径直绕过了教堂，朝教堂的后方走去。那里果然有一块小小的空地——说是空地，其实插着各种各样的十字架和其他天主教小雕塑。

“这里是……”陈婉沫瞪大了眼睛。

“哎呀，要说这也该是我的专长。”那三旋也不自觉地感叹，“但要说这洋人的墓，我还真没来过。”

黎青并不言语，装作一个游客的样子，一个个地查看墓碑，陈婉沫和那三旋也各自在四周查看。

“黎青！”陈婉沫突然大喊，“你快来看！”

黎青和那三旋闻言立刻赶了过去，只见陈婉沫满脸惊骇地指着一个不起眼的墓碑。这个墓碑只有一个简单的十字架，在四周的各种墓葬雕塑之中显得十分不起眼，它仅仅是由细细的两条木条交错而成。而在两条木条交汇的地方，上面是一块金属的名牌。而上面竟然写着——

黎培松。

黎青瞪大了眼睛，他从来没有听说父亲的死讯，更不知道父亲有下葬，从根本上来说，他从来没听说过父亲信仰天主教，就算真的去世了，也不该葬在天主堂。

“这是叔叔的……”陈婉沫小声说道。

“不，不会。”黎青冷静了下来，摇了摇头，“反而这里很有可能就是我们的目标。父亲只是失踪，也没有下葬，更不是天主教徒，这里绝对不会是他的墓。”

“会不会是同名同姓的人？”那三旋问。

黎青沉默了一会儿。

“这倒是有可能。但是只能赌一把了。那三旋，这是你的专长。”他对那三旋说。

那三旋一愣，随即哭笑不得地朝教堂的方向扬了扬下巴。

“黎大公子，这天还亮着呢，我们在这儿把人家坟给掘了，当人家教堂的人是摆设？”

陈婉沫捂着嘴巴小声地笑了起来，黎青也反应过来，不好意思地笑了。

于是三人决定静待夜晚再行动。那三旋放心不下玉儿，提议要不要先回去一趟，黎青摇摇头否决了，这里距离黎家老宅距离也不近，而且有严锡九陪着玉儿，应该不会有什么太大的问题。那三旋想想，也同意了。于是三人就躲在教堂附近，静待夜晚的到来。

等到夜已深，他们才悄悄地又溜到墓地里，陈婉沫站在不远处观察四周的情况，那三旋来挖掘这个墓穴，而黎青则在一旁帮助他。

“我说黎大公子，”那三旋一边尽力不发出声音地挖着一边说，“我们这样真的好吗？”

“怎么了？”

“这个，如果我们挖错了，那就是把人家好端端一个墓平白无故地给掘了。”

“这是怎么了？”黎青笑着说，“我居然在一个土夫子口中听到这番话，真是稀奇。”

“呸！我们‘倒斗’也是有原则的，普通人家的墓我们是不动的。”那三旋说着，停下了动作，擦了把汗，“不过要是挖错了也就算了，要是挖对了，这可是你父亲的墓，那可不就是挖你自己祖坟了？这可是要遭报应的！”

“我父亲不可能葬在这儿。”黎青摇了摇头，“就算这真是他的墓，我也要赌一把。这关系到他的下落和老陈的死啊……”

那三旋叹了口气，不再说话，接着挖了起来。而就这一铲子，似乎碰到了什么坚硬的东西。

“有了！”

黎青赶紧凑上前去。那三旋放下铲子，用手把剩下的土给掸开。

“别说，你好像还真弄对了。”那三旋伸手把里面的东西取出来，“这可真不像是个棺材。”

只见那三旋从里面居然拿出了一个小铁盒子，交给了黎青。黎青颤抖着把铁盒打开，发现里面竟然是一本线装的小册子，还有一张地图。

“这是……”黎青借着微弱的地月光看着上面的字迹：

日记。黎培松。

“错不了！”黎青小声说，“这是我父亲的日记！”

那三旋还在喘着粗气。黎青翻开日记，却发现里面用的都是自己不认识的文字。而那张地图倒是简单易懂。就在他想好好研究一下的时候，陈婉沫突然出声了：

“快走！有人来了！”

果然，远处传来了脚步声，还有隐约的光亮。

黎青和那三旋赶忙草草将墓上的土又盖了上去，然后和陈婉沫一起匆忙离开了。

他们走了有快一公里路，才找到一辆人力车，向黎家老宅而去。

一路上，黎青都显得十分焦急，不时把手中的日记翻开来，又合上。陈婉沫意识到了他的焦虑，把一只手放在了他的手上。

“青哥，别急，回去一切都清楚了。”

黎青沉重地点了点头。他太想知道了，父亲在这一切的事情里，到底是个什么角色？还有他到底……还活着吗？

等快到黎家老宅的时候，明明是夜晚，周围却渐渐变得喧嚣了起来。正当黎青和陈婉沫好奇周围到底发生了什么的时候，那三旋突然大叫了一声：

“不好！”

黎青和陈婉沫顺着那三旋的眼光看去——

黎家老宅的方向，火光冲天。

“玉儿！阿九！”黎青大喊一声，赶紧让车夫停了车，跳下车就往老宅冲去。

老宅附近这个时候已经围了很多人，救火人员也已经赶到，黎青和那三旋拨开人群朝老宅冲去。

“危险！”一个救火队员拦住了他们，“不能再往前了！”

“我是屋主！”黎青大喊，“里面还有我的家人！”

救火队员依然死死地拦住他。

“那也不行！太危险了！”救火队员说，“我们会进去看的！”

说着，他便回头跟另一位救火队员吩咐了些什么。

而就趁着他一个不注意，黎青和那三旋一猫腰就摆脱了他的阻拦，朝着火的屋子冲去。

“危险！”救火队员连忙去拦他们，可是却只抓住了黎青，经验丰富的那三旋很快已经跑远了。

“放开我！”黎青拼命挣脱，眼见挣脱无望，只好朝那三旋大喊，“三旋！阿九和玉儿就拜托你了！”

黎青被救火队员推回警戒线外，陈婉沫连忙上前来扶住了他。

“不会有事的，青哥，”陈婉沫安慰他说，“三爷一定会救他们出来的。”

黎青颓然坐在了地上。心中满是焦急和悔恨。如果自己当时没有向李玉儿发脾气的话，她就不会被留在家中，阿九也不会留下来陪她，那他们现在就不会……

“该死！”黎青狠狠地用拳头捶了下地面，手被粗糙的地面磨破，鲜红的血混杂着灰尘，顺着他的手指流了下来。

陈婉沫见状，轻轻地将黎青抱住。

“不会有事的……都会好的……”

不知过了多久，人群也渐渐散去，火舌终于在救火队的奋战下渐渐褪了下去。

黎青焦急地站了起来，又朝火场跑去。因为火焰已经基本退去，救火队员也没再阻拦。

远远地，他就看到那三旋一个人茫然地站在屋子旁边，看着被火烧成灰烬的老宅。

黎青急忙冲到那三旋面前，问他：

“人呢？”

那三旋茫然地摇了摇头，既不悲伤，也不急迫。而黎青却没顾得上注意那么多，听到这话双腿一软，就倒在了地上。还是跟在身后的陈婉沫及时上前扶住了他。

“不，”那三旋连忙解释，“不是那个意思……我是说，他们都不在。”

“什么？”黎青没有反应过来。

“玉儿和九哥，都不在里面。没有活人，也没有尸体，他们好像……”那三旋停了停，“要么是自己走了，要么是被带走了。”

知道二人可能没有遇难的放松，和二人不知所踪的新的焦虑同时击中了黎青，让他感到一阵奇怪的眩晕。

“黎青，你怎么看？”那三旋问。

黎青摇了摇头，用手揉了揉太阳穴，过了一会儿才开口：

“如果是他们自己走的，这时一定会来联系我们。我觉得八成……是被掳走了。”

那三旋沉重地点点头。

上次陈婉沫被掳走的时候，他们还能借助玉儿的力量，探明陈婉沫失踪的方位，而这次玉儿本人不见了，他们已经不知道该如何是好。

“我要回一趟天津。”那三旋说，“既然黑衣组织在天津有个大本营，我在天津也有很多路子，应该可以查明玉儿的下落。”

黎青点点头，又摇摇头。他拿出了黎培松的日记，又看了看里面的地图。

“我觉得，我们已经很接近真相了。三爷，你就去天津打听一下情报，我还是要把他们的目的和来头查个水落石出。”黎青握紧了拳头，“只要走得比他们快一步，一定能找到玉儿和阿九。”

那三旋想了想，也赞同了。

“那好吧，我们就先分头行动。”那三旋说着，把自己腰间的铜串钱解了下来，递给黎青。

“这是我的信物，在道上还有点用。”那三旋说，“万一你们遇到什么事情，有什么需要，把它拿出来，说不定能救你们。”

黎青接过了铜串钱，紧紧握在手中，朝那三旋郑重其事地点了点头。

第七章

武侯墓

和那三旋道别之后，黎青和陈婉沫也离开了黎家老宅。两人暂住在县城的客栈里，试图破解在大教堂找到的那本日记。可这线装日记里的文字古老奇特，连陈婉沫都猜不出个所以然来。一日之间，原本五人的队伍骤减到了两人，严锡九和李玉儿又生死未卜……黎青心中充满了沮丧和绝望。他失落地放下日记，用指腹按压着太阳穴，以缓解令人烦躁的头疼。

反倒是那张破败不堪的地图，还真能看出点名堂来。

“这图上的地形比较像是西北一代。不过画得也太简陋了……”陈婉沫小心地将地图摊在桌上，生怕划伤了纸张，“青哥，如果有详细一些的地图作比照的话，说不定能再缩小些范围。”

黎青从行李中翻出了自己带的地图，无奈比例尺不合，派不上什么用场。若是严锡九在的话，肯定不会为了这些事儿发愁。那家伙的笔记本里总是夹着各式地图和列车时刻表……一想到这里，黎青觉得这一个多月里发生的事情着实令人恍惚。在结识李玉儿和那三旋之前，他过着糜烂的生活，并且很有可能还会再糜烂很长一段时间——写写小说，泡泡舞厅，喝点酒，再在宿醉的头疼中醒来。纸醉金迷又与世无争，这样的人生对他来讲便足够了。而现在，黎青却饱尝了突如其来的死亡和流连失所的苦闷，又跟最重要的友人失散了。他突然对自己正在经历的事变感到一片迷茫。

“青哥？”见黎青一个人坐在行李前面发着呆，陈婉沫面露担心的神色。

“哦……地图啊。我这儿是没有其他的了。要不，去镇上帮你找找看吧。”黎青强打起精神，笑着耸了耸肩，起身准备出门。

“还是不要单独行动了，太危险。青哥，我们……”陈婉沫眉头紧蹙，拉住黎青想说些什么，却没能说出口来。她垂下双眼，避开了黎青的目光。反倒是黎青紧紧握住陈婉沫的小手，以温存的沉默安慰着对方。

“婉沫，我知道的。”黎青心里清楚陈婉沫其实是担心自己的状态。他暂且打消了出门的念头，先下楼找到客栈老板碰碰运气，没想到还真借着了一本旧地图。陈婉沫拿起那泛黄的图册，细细比对之后，确认地图上的位置，确实在是陕西定军山一带。

“亮遗命葬汉中定军山，因山为坟，冢足容棺……”黎青喃喃自语，心里有些不解。一提到定军山，任谁都能想到葬于此地的诸葛孔明。父亲费尽心思为自己挖坟立碑，只是为隐藏一幅定军山的地图吗？

按理说，在两样放在一起的东西之间，肯定会有某种关联。地图的谜底显然无法说服黎青，他又翻起了那本看不懂的日记，忽然想起李玉儿前几日在佛堂里发现燃灯佛画像的事，便将书页凑近了烛火，想看看会不会显现出什么来，却什么也没发生。

“要不，我们去地图上的地方看看？”陈婉沫看着黎青一筹莫展的样子，主动提议，“虽然有点远，也不知道能不能发现什么，可也总比在这里干等着要强。”

看着陈婉沫故作冷静的样子，黎青的心中很是复杂。她本该待在学校里，无忧无虑地做着学问。什么解谜，什么复仇，都应与她毫不相干才对。而现在，陈婉沫已被卷入了这个游戏的最深处，无法逃离，也不能逃离。也许，这就是所谓的宿命吧。

“眼下若是走错一步，这局棋，可能就都毁了。”黎青叹了口气说。自从离开了另外三人，他便一直犹豫不决，举棋不定，“婉沫，我答应老陈会保护好你。你刚才还说不让我冒险，怎么转眼又变得这么不谨慎了呢？让我们都再好好考虑一下吧。”

陈婉沫见他这么说，便不再强求，自己先去休息了，却在他身边留下一点淡淡的余香。

黎青靠在窗前，反复思考着定军山这条线索。黎青小时候最喜听父亲讲三国鼎立的故事，对这段历史尤为谙熟。诸葛亮生前曾与司马懿相抗于渭南，但最终积劳成疾，一病不起。他留下遗书，嘱托刘禅将其葬于定军山下。关于诸葛亮的病逝，历史上曾有过诸多趣闻。有一种传说，称孔明为防止曹魏挖坟鞭尸，设局杀掉了所有知道他下葬地点的人。而更为有名的，便是《三国演义》中，魏延夜闯军营，踢翻孔明祈禳续命的七星灯主灯，而令将星陨落的故事……

等等！

黎青好像意识到了什么。

“是灯！”

没错。

从三霄洞的摄魂巫灯，到蕴山小学的行刑仪式，陈德昌的死，以及在老宅发现的燃灯佛画像……其中贯穿始终的线索，便是这“灯”了。现如今，一张定军山的地图，是不是也指向了“灯”这个关键词呢？然而七星灯续命的故事终究只是个传说，会不会太过牵强了一点……

黎青只觉得自己头脑发热，理智与直觉剧烈地碰撞着。也许这次，自己真的抓住了事件的关键。稍微冷静一些后，他打定主意，无论如何也要前往汉中一探究竟。

从河北前往陕西，远比从上海回保定的时候麻烦。黎青带着陈婉沫在正定上了火车，又一次踏上了旅途。好在陈婉沫的身体已经完全恢复，与黎青二人互相照应，相处融洽。

车低沉的轰鸣带来一种微妙的平静，窗外掠过的是田野和荒原交替出现的场景。戴着草帽的农夫在田间耕作，一片祥和宁静的气象。陈婉沫紧绷的神经终于放松了一些，和黎青聊起了小时候的事情。

“我从未见过我娘。所以对我而言，家真的就只有爹和我两个人。总觉得这么一个只知道书的老爷子能把我养这么大，是件很奇妙的事情。”

“我对自己的生母也没有太多的印象。我很小的时候，家里好像还有几个佣人，等到我懂事了以后，就只有父亲陪在我身边了。怎么说呢……我们两个，可能还挺像的。”黎青看着窗外的风景苦笑。

“对啊，而且现在也都没了父亲，这就叫同病相怜吧。”

听到陈婉沫这有些自嘲的口吻，黎青有点惊讶。

“瞧你那什么眼神呀。青哥，你真的不用担心我，我已经接受现实了。”看到黎青一脸慌乱，陈婉沫竟笑出声来，双眼眯成了两道弦月，“其实，你们来上海找我的时候，我就已经怀疑爹遭遇了不测。被那些黑衣人劫走的时候，更是确定了自己担忧的一切。在保定，我只是不想让大家看到我软弱的样子，才故作任性的。我这人啊，其实还是挺坚强的。”

陈婉沫说完，长长地舒了一口气，又接着道：“可是青哥你不一样。你看起来总是一副无所不能的样子，企图保护好所有人。从小就是这样，心却比谁都要软。一旦出了什么事儿，便马上自责起来。这种习惯可不好，太容易积攒压力。”

压力吗……

黎青素来觉得自己是与压力绝缘的人。

早些年，黎培松对他几乎没有什么约束。他在北平念书的时候就花天酒地，钱不够花了只管伸手问家里要，父亲也从不过问。毕业以后，黎青不愿接手家里的生意，要当作家，老黎倒也非常支持。黎青既不需要担心生计，又做着想做的事，理应当没怎么品尝过压力的味道。

然而，陈婉沫的这番话却还是萦绕在他的心头。也许这段日子，自己的确在不知不觉中扛起了太多的事情。

“青哥，我也就是随口说说的，你别多想嘛……只是……我只是觉得你可以多依靠我一点。”陈婉沫见黎青一言不发，有点不知所措。

“不。谢谢你婉沫。从没有人跟我说起这些。”黎青笑着摇了摇头，岔开话题，“不过话说回来，你书看得多，又是学历史的，对武侯墓有什么想法？”

“我对这些研究得不是很深，只在课上稍微听过一些。这武侯墓只是诸葛亮的衣冠冢，主要是为了便于祭祀悼念他而修葺的，孔明尸身并未在此下葬。正因如此，才从未被盗。”

“衣冠冢……”黎青皱起了眉，“若真是如此，那么这幅地图所指向的，肯定不是谁都能猜到的武侯墓。我觉得这张地图，说不定会带我们找到诸葛亮真正的墓穴。”

汉中的气候不比保定那般湿润多雨。这里的风沙极大，加上常年缺水的缘故，当地的人性子之中都带着一些风沙的味道。

一到达目的地，黎青顾不上休息，先直奔书报亭，买了几张这几天的报纸。

“买这些干嘛呀？”陈婉沫有些好奇。

“当然要看看,神秘组织有没有搞出什么大动静了。要是有的话，我们最容易得到消息的方式，”他扬了扬手中的报纸，“就是这个。”

陈婉沫似懂非懂地点了点头。

黎青每个版面都翻了翻，有时似乎眼睛亮了一下，但终究似乎是没什么发现。于是，他们决定还是直奔他们此行的目的地——定军山。

定军山脚下的武侯墓地势极佳，实属风水宝地，令略通堪舆之术的陈婉沫赞不绝口。两人把能逛的地方都逛了一遍，也没有发现什么奇特之处。墓园之中，游人常年络绎不绝，若真的暗藏玄机，怕是早就被人识破了。

果然还是要靠这地图，找出真正的武侯墓吗。两人四目相对，忽然意识到他们谁都没有哪怕一丁点儿的盗墓尝试。

“我那些堪舆的学问也都是纸上谈兵啊。我们除了这张模糊的地图，连个罗盘都没有，要找墓穴谈何容易……”陈婉沫无奈地笑着，并不赞同黎青的提议。

“早知道就不应该让三爷走！若是他在的话，事情肯定就好办多了。”黎青也皱着眉头，后悔当初。可现在，只他和一个弱女子在这里，根本无力完成这个任务。

在城中又转悠了两圈之后，黎青看着陈婉沫，凑到她耳边说了句悄悄话。陈婉沫瞪大了眼睛望着黎青，“这样真的可以么？”

黎青笑了：“难道你还有更好的办法么？”

陈婉沫也跟着苦笑了一声，“确实没有！”

“这样，待会儿我们各自去打听一下这里的行情。汉中也算是座历史名城，加上诸葛亮的墓在这里，肯定会有很多人慕名而来。”

黎青口中那些慕名而来的人自然就是盗墓贼了。

黎青按照当地人的指引到了古董交易市场，之前那三旋曾经说过，一般的古董市场除了一般正正经经的交易人外，还有一些就是道上的人。若是有需要，只管按照黑话去搭，自然能够找着人。

陈婉沫一直跟在黎青的身后，对这古玩市场很感兴趣的样子。没过多久，一个极为瘦小的男子突然拉住了黎青，直截了当地问他：“你们是想请客还是开席？”

陈婉沫一脸诧异，而黎青却格外兴奋地接过话茬，“请客，我们要请客！”

那小瘦子深深看了黎青两眼，“看你也懂道上的规矩。不过，这事儿我做不了主。你要是愿意的话，跟着我去见见我们老大，要是老大同意……”

黎青对着陈婉沫笑了笑，说有办法能让这个老大立马答应他们的要求。陈婉沫仍有些迟疑，不过还是全听黎青安排。

“好！那就有劳您给带个路了！”

黎青一口答应下来，跟着他离开了集市。眼看着周围的人越发稀少，陈婉沫渐渐觉得事情有些不太对劲。两人跟着那瘦子拐进一个小巷子中，黎青也感觉到了事有蹊跷，可还没等他做出反应，后颈上便传来一阵剧烈的疼痛，两眼跟着一抹漆黑。黎青只记得自己一把抱过陈婉沫，将她护在了怀里，意识便渐渐远去了……

等到黎青再次醒来的时候，只感觉脖子里一阵酸麻，仅能看到若有若无的亮光，怕是被人蒙上了双眼。他试着坐起来，却发现身体没法动弹。黎青这才明白，他俩是被那瘦子五花大绑，架回了盗墓贼的老窝里。

“你们什么意思？”黎青使劲儿动了动自己的身子，意识到这些地鼠大概是趁他们不备用麻醉针弄晕了自己。只是，这些人究竟有何企图？

就在黎青疑惑的时候，屋里的谈话声飘进了他的耳朵。

“今夜这席真的请来了那老大？”其中一人的声音略带着疑惑，似乎是想朝着周围的人求证自己的猜测。

“那还能有假？”另外一个略显低沉的声音不屑地回应了他，“这定军山里的堆头,送给你你都没本事开！瘦猴子还真有点能耐，请得动平西王开席。我琢磨着，底下肯定埋了不少好东西！”

地鼠们喝着酒，七嘴八舌地聊着。黎青从他们口中得知，这位老大被尊称为“平西王”，是北方人，生性古怪，却很有威望。没过多久，有人指着黎青，朝那个瘦子发问道。

“哎，瘦猴子！瘦猴，你说这两个人是干吗的？”

被叫作瘦猴子的人想了想，十分正经地回答道：“这两个人满城打听开席的事情，怕是别人派来的钩子。”

黎青一听，身子就是一动，自然也引起了那些盗墓贼的注意。

“你们是谁派来的钩子？”那瘦子的脸靠了过来，紧紧盯着黎青，一股酒气扑面而来，“你们两个看穿着打扮便不是我们这里的人，虽然说着行话，却偏偏都是错的。”

“对，你们是谁派来的？”其他地鼠也跟着瘦猴子质问起来。

黎青这才恍然大悟——这一次只怕是因为自己所说的黑话出现了偏差，结果被地鼠们当成了密探！

“瘦猴子，不用跟他们多废话，咱待会儿还要去准备现席，等到老大来了再做打算！”

“对，等到老大来了，我们就用着两个人来祭天祭旗！”

这有一个人开了口，其他人都附和了起来，都商量着待会儿要如何用黎青和陈婉沫两个人祭天祭旗。那场面倒是颇为宏大。

此刻黎青只有苦笑的份。他没有想到自己只是搭个话，却将命都搭进去了，心里不禁有些想念那三旋。若是三旋在的话，何至于弄得这个地步呢？

眼下最重要的就是让这些人相信他不是钩子，否则到时候被人拿起祭天祭旗了的话，只怕连死都不能瞑目。

“我有话说，我不是钩子！我是想要找你们开席！”

黎青只大声地吼道，希望那些人能够明白他的身份，可他没有想到那些人似乎并不在意他的动作。

“青哥，现在怎么办啊？”恢复了意识的陈婉沫此时正往黎青的身边挪动，焦急地问道。

黎青一筹莫展，完全不知道该怎样证明自己的身份。就在这时，吵闹不堪的屋子顿时安静了不少。黎青似乎听到了一个沉闷的脚步声正在靠近，像是有别的人进到了屋子里头。

紧接着，黎青听到了那瘦子把黎青的事情一五一十地说了一通。没猜错的话，刚刚进屋的人，应该就是他们口中的平西王了。

“老大，要拿他们两个祭天祭旗！”有个地鼠似乎喝多了，不嫌事儿大地喊了起来。屋里的人听到了以后，也都兴致高涨，跟着起哄。

“慢着！我们真的不是‘钩子’！”黎青大声地吼道，隐约感觉那个将自己迷晕的瘦猴子正在朝着他靠近。

“你要干什么？”

黎青闷声问道，瘦猴子只是冷哼了一声，随后就解开了黎青和陈婉沫眼睛上的黑布。两人向上望去，便撞上了一个红衣男人的目光。

这个男人看起来四十多岁，生得魁梧粗壮，肤色黝黑，左边的眉毛断开一截，脸上的表情煞是凶狠。

“呵。敢抢老子的席，也算是有点胆识。只可惜啊，用错了地方。”身着红衣的高大男人冷冷地笑了一下，并不怎么把他们当回事儿，转身冲那个瘦子吼道，“谁让你把他们带进屋的！还不给爷扔到外头去！”

“是是是，这就带走！这就带走！”瘦猴子喊了几个壮汉过来架起黎青要往屋外走。

“等一等！”黎青管不了那么多了，大声喊了起来，“我有个东西想让你们看看！平西王看过之后，若是依旧要拿我们祭天，我不会有半点怨言！”

平西王转过头，看了看黎青，迟疑了几秒，给那瘦猴子使了个眼色。瘦猴子见状，不情愿地替黎青松了绑。

“好了,你要给爷看什么？”平西王的脸上依旧挂着奇异的笑容，断眉轻轻上挑，仿佛下一秒就要将黎青生吞下肚子。

黎青不紧不慢从怀中掏出一串铜钱递了过去。

“汪麻子……你怎么会有这东西？”平西王看到那铜钱，笑意骤然减了几分，心中明显产生了动摇。

“我有一朋友，头顶上长了三个旋。之前分别的时候，他把这件宝贝交给了我，说如果遇上麻烦事儿，只要拿出这个，道上的朋友都会帮忙。”看到平西王神色黯然，黎青说起话来也有了些底气，“我和这位姑娘的确不是‘地鼠’，但更不是什么‘钩子’，这你们大可放心。”

平西王久久地望着黎青，竟放声狂笑起来，引得周围一片窃窃私语。黎青心中忐忑不已，猜不透这笑声代表了什么。但他心里清楚，若连这串铜钱都保不了命的话，怕是没什么能救得了他了。

“三旋这小兔崽子,还真会给老子找事儿啊！”平西王笑了很久，方才开口说道，“既然是他的朋友，我的确没有不帮的道理。你们还不快给那位姑娘松绑！兄弟，怎么称呼？”

看到平西王竟这么快就答应放过他们，这次换黎青有点傻眼了，连忙自报家门：“我姓黎，单名一个青字。这位姑娘姓陈，算是我妹妹。我们这次来汉中，究其原因，是要救人。”

“救人？救什么人需要跑到这里？”平西王不解。

“不知平西王可见过李玉儿姑娘。”

听到这个名字，平西王的脸上的最后一丝笑容也消失了。

黎青和陈婉沫被平西王请到了里头一间屋子，让他们把事情的缘由都说了一遍。

“看平西王刚才的反应，想必也认得玉儿。滴水之恩尚要涌泉相报，她救过我和婉沫的命，如今恩人有难，黎某岂能坐视不管！”回忆起他和李玉儿相处的这段日子，黎青心中又悄然升起了些许悔恨与不甘。他郑重地跪在了平西王面前，恳求道，“这张地图把我们带到了定军山，已经是救出玉儿姑娘最后的线索了。还请平西王……”

“老弟你这像什么话！快起来快起来！”平西王见黎青为人诚恳，又很讲义气，对他也不再怀疑。他扶起黎青，态度也跟着温和了不少，“不瞒你说，这李姑娘也有恩于我。既然你们要救的人是她，这忙我是帮定了。不过，你小子倒还真有两下子，扯了张破纸竟能看出这儿有个坟来！”

黎青一听平西王愿意帮忙，不禁长舒一口气，答道：“我也就是瞎猜猜，毕竟这定军山底下，不还埋着诸葛亮嘛……听您这么一说，这山里的确还有一座古墓？”

“这嘛，说来话长。发现那堆头的是那瘦猴子，本打算自己下去看个究竟。可旁边懂风水的人提醒他，此墓虽依山而造，但地势平坦，周围古木参天，日晒却相当充足。从那里望下去正是汉江。双水环绕，真龙显相，墓的主人非贵即富。要不是个灌大顶的，贸然进到这墓室里，怕会有危险，所以才想到请我过来看看。”

“果真如此！我之前猜测，既然线索指向定军山，那这地图上标记的，会不会就是诸葛亮真正的墓穴呢？可这又和玉儿的行踪有什么联系……”获得了新的信息，黎青说不上是高兴还是不安。不过来都来了，总比坐以待毙来得好，“虽然我也没法确定，可这墓室里面搞不好就有能救李玉儿性命的东西……平西王，我也不能让您白帮我。事不宜迟，救人要紧，您开个条件吧！”

平西王点了点头：“看来老弟也是懂规矩的人。这堆头得有买主才能动土。本来，这堆头是我给订下来的，外头那些棒棒都等着吃现席呢。爷倒是不怎么在乎，可唯独不能亏待了弟兄们。”

“您放心，我都明白。”黎青从包裹里摸出了三条黄鱼，排在了桌上，“真要像您说的那样，此墓必定机关重重，危机四伏。这些就算是订金，我们只要救命的东西，别的一样也不会带走。您看……合不合适？”

看到桌上的金条，平西王愣了一下，倒也没想过这文弱书生出手如此大方，又一次扬天大笑起来。他收起金条，笑着向门外走去：“老弟还真是豪爽！走，吉时已到，准备席！弟兄们，今儿个有人请客！”

待夜变得清冷幽静，一行人便朝着山里行进。平西王和黎青走在最前头，时不时聊上几句。这位平西王其实姓吴，祖籍辽宁，幼时举家迁往西域做买卖，却不慎被人盯上，双亲都惨死在了山贼手中。那时候平西王才十多岁，侥幸逃脱，捡回一条命，从此舍弃了姓名，过上了刀口舔血的生活，因此性子刚烈，却又为人仗义，只要见到山贼必会赶尽杀绝。后来他靠盗墓发了家，追随者多得很，比三旋口中的汪麻子地位还要高上不少。虽然一直干着掘冢挖坟的事儿，平西王却极其厌恶黑色，与之相对的，又近乎疯狂地喜好红色，一身红衣早已成为了他的标识。

陈婉沫静静地跟在后边，倒是听不太清他们的对话。不过很快，她便意识到，这山路是越走越窄，周围的树木也越发茂密起来。

“到了。”平西王停下了脚步。此刻他们所在的地方，是一处天然的平台，四周树木参天，却并未遮天蔽日。即便不懂风水，黎青也能感觉到这里的气场的非同一般。冬夜的凛冽钻进衣袖里面，叫人不由得浑身哆嗦起来。平西王招了招手，有人立刻递来了壮阳酒。他连喝了三杯，才抹了抹嘴角，招呼弟兄们开工。

按说这挖窑子的现场，外人本是不能瞧的。可黎青和陈婉沫也算是平西王的座上客，那些个地鼠自然也不能多说什么。不过，到了这深山里面，黎青也没什么帮得上的，只好站在旁边看着他们干活。过了不到一个钟头，平西王便顺利地钻进了盗洞。瘦猴子倒是一改之前穷凶极恶的态度，让黎青找个地儿歇歇，还有得要等。

黎青跟着那些地鼠盘腿坐在地上，陈婉沫也顺势靠在了黎青的怀中，闭目养神。过去一个时辰了，平西王还没有从墓中出来，两人心里就略微有些焦灼了。

“这……莫不是出事儿了？”陈婉沫悄声朝着黎青问道。

倒是瘦猴子走到了黎青的面前，解释了一番：“这开席的时间要根据堆头来定。你可想过为何这定军山这么大一座武侯墓，却偏偏没谁敢当第一个吃螃蟹的人？”

“因为武侯墓之中葬着的人是诸葛亮嘛！他上通天文，下晓地理，文能安邦，武能治国。既然如此，他的墓一定不简单。”黎青想也没想，脱口而答。瘦猴子听了，便直接在黎青的面前坐下，这其他的土夫子也都围了过来。

“据说啊，这诸葛亮死之前想要用七星灯阵续命！有这种本事，哪会是常人呢？”这话一出，众人只感觉脊背上都传来了一阵凉意，仿佛诸葛亮随时都会从土里爬出来找他们的麻烦。

这些盗墓贼干的是挖人坟墓的事情，但是心底里却是最信妖魔鬼怪的了。就这样又过了快一个时辰，黎青的心里也越来越没底。眼见着天色泛白，瘦猴子有些沉不住气了。他刚准备亲自下去看个究竟，捆在平西王身上的绳索突然有了动静。众人赶忙上前，很快就将他给拉了出来。

哪知道平西王上来之后，直接瘫坐在了地上。

“老大，怎么样啊？”瘦猴子焦急地问了起来。

可平西王却脸色铁青，无力地摆了摆手。

“这墓请不到主人。”

所谓请不到主人，就是说这是一座空墓。

围在一起的鹧鸪地鼠瞬间败了兴致，全部都瘫坐在了地上。要知道为了开席，众人硬是从晚上九点熬到了天亮，如今突然被告知这是空墓，自然颇有微词。

“瘦猴子，过来！”平西王将瘦猴子叫了过去，从怀里摸出了一根金条，“多谢各位抬爱！今天的事儿，也怪爷没查个明白，大伙儿都跟着受累了！这点辛苦钱，就拿去给兄弟们买酒喝。”说罢，他当着所有人的面，把剩下的两根金条退还给了黎青。

众人听老大都这么说了，反倒不好意思起来。这席虽然没开成，但劳累的几乎都是平西王一个人。如今能白白得了一条黄鱼，倒也值了。

天色越来越亮，周围的空气也带上了薄薄的湿气。待人都走得差不多了，黎青这才悄声问起了平西王：“到底是怎么回事儿？这里面怎么会是空的呢？”

平西王四下看了看，确定除了他们以外只有那个绝对信得过的瘦猴子在场，这才对着黎青说道，“有些话不好见光说，你跟我去墓里走一趟，你就明白了。”

黎青一听这话，便也猜想到了这墓中定然有蹊跷。平西王上来之后声称墓是空的，却并没有提议让其他人下去看看，而是从头到尾都挡在那入口的地方，做出的是防御的姿态。

换言之，平西王并不希望别人进到这个墓穴之中去。

“婉沫，你就在上面等着，我和平西王下去看看情况如何。有这位猴哥照应着不会有事的。”黎青站在洞口，转身嘱咐着陈婉沫。

可他没有想到，一向胆小的陈婉沫却是摇头拒绝了黎青的提议，

“不，我要跟着你一起下去。”

黎青皱着眉头看着陈婉沫，“你一个女孩子，下墓不好！”

陈婉沫撇着嘴，眼中流露出一股浅浅的哀伤：“难道就因为我是女孩子么？你是认定我会给你拖后腿？”

“姑娘，老弟只是关心你。这墓穴里头不比地上，若是有什么危险，求救都来不及啊！”平西王见状，也帮着黎青劝了起来。

听到他们你一言我一语的讲着大道理，陈婉沫更铁了心，直接抱住了黎青的手臂：“既然里面这么危险，我更不能离开你了！”

经过一段时间的相处，黎青早就察觉到，陈婉沫的性子很是倔强。表面上所有的事情都是黎青在做主，但是细细思量之下，却会发现若不是陈婉沫点头的话，许多事情根本就不会发生。

黎青沉默了片刻，终究还是准许了陈婉沫跟他们一起下去。既然确定好了都要下墓，平西王就直接将自己的疑惑告诉了他们。

“你们可知道墓一般分为主墓和掩墓两部分？”

黎青点头：“我知道，掩墓的存在，其实就是为了防止尸骨被盗而设置的迷惑阵。一般来说，这掩墓之中是不会有人的任何东西的，进去之后所遭遇的全部都是机关算计。若是没有经验的人，必死无疑。”

“从墓室的结构来看，脚下的应该就是武侯墓的掩墓了。可诸葛亮的尸身到底葬在了哪儿，已成为了千古之谜。既然如此，这个掩墓的存在本身就是没有意义的。所以我才会说，这个墓穴怪异得很。走罢，你们随我下去看看就知道了。”平西王说完，便率先跳进了墓室。

偏生只到那洞口,黎青就感觉到里面的确不平静,他犹豫了一下,还是跟在平西王的身后缩进了这盗洞之内。

三人先后下了墓，看得出来，这确实是战国时期的墓葬风格。可他们在墓穴里走了许久，都未曾发现有棺椁的痕迹。陈婉沫走得筋疲力尽，累得在一个台阶上坐了下来。平西王干脆停下了脚步，让黎青也休息休息。

于是在黎青和陈婉沫两个人即将要睡着的时候，平西王讲了这样的一个故事。

话说当年原来诸葛亮自五丈原一病不起后，自知寿数已尽，便对后事作了精心安排。他早已料定，蜀汉不久将被魏所亡，自己与司马懿交兵多年结有深仇，如果自己的墓地被敌人知晓，尸首肯定不会得到安宁。

于是，他密奏后主刘禅若臣一旦死后，当以不搞厚葬，不择地安葬为宜，只须将臣尸装入棺木，用新绳新杠抬着，一直往南走，等到绳杠断烂之时，就是臣的葬身之地。公开却又放出风声，说他死后一定葬在定军山。

诸葛亮死后，部属按其遗嘱，在定军山大张旗鼓地操办后事，以掩人耳目。其实定军山只是他的一处衣冠冢。后主刘禅按诸葛亮的生前安排，悄悄命四名关西壮汉抬着棺木往南走。四人走了一天一夜，棺木越来越重，抬得个个腰酸背痛，但丝毫不见绳杠有断烂的迹象。

这四人商议，如果这样抬下去，岂不是要到猴年马月才能交差?便决定择一荒山野岭无人之处，悄悄将棺木埋了。回到成都呈报刘禅，说是绳杠已烂断，已将丞相尸体就地掩埋。刘禅开始信以为真，后来一想不对，怎么新绳新杠仅一两天便断了呢？其中一定有诈！刘禅对四人严刑拷问，四人只得将实情招了。刘禅大怒之下，以欺君之罪将四人问斩。人被杀后，刘禅才发觉杀人之前未将墓问清，后悔不已。于是，诸葛亮葬于何处就永远无人知晓了。

平西王的这个故事讲完之后，黎青睁大了眼睛看着平西王："那你的意思就是说，诸葛亮的棺材不在这里面？那我们不是白下来了么？"

这话一说完，就看到平西王看着黎青笑，陈婉沫也笑了：

"青哥你忘啦，我跟你说过，这里只是衣冠冢。"

黎青听她这么一说，也旋即反应了过来，略微红了脸。

"不过话说回来，这定军山也不算很大啊。我们在这里面绕了很久都没能见到别的东西，按照我们的速度，基本已经穿过山腹了。"陈婉沫揉着脚踝，声音中透出了些许的疑惑。

这句不经意间的抱怨让平西王警惕了起来。他急忙站了起来，口中迅速叨念了几句，又掐了几个手诀，对着黎青喊道："快！怀表！"

黎青将怀表递了过去，只见平西王捧着怀表在原地转悠了一阵之后，才长舒了一口气，"幸好有陈姑娘提醒，否则我们就是在这里走一辈子都走不出去。"

"什么意思？"陈婉沫有些疑惑，平西王却只是笑了笑，"没猜错的话，咱这是走进了八卦阵中。看了老弟的怀表我才发现，咱已经在里面走了四个多小时。"

陈婉沫杏目圆睁，似乎还没能消化平西王的话："你是说……我们步入了迷宫一类的地方，所以才会走了这么久都没有找到东西？"

平西王点了点头，黎青也在一旁听得愣了神，喃喃自语："诸葛孔明，真乃天下奇才也！"

既然知道了问题所在，平西王很快就利用堪舆常识找到了正确的走法。这一次，三人没费多少工夫就进到了一间极大的墓室之中。

然而，这墓室之中也没有诸葛亮的尸身，里面最多的是竹简。除此之外，还有一些古代的衣物。

陈婉沫小心地翻看了几卷竹简，不由得倒抽一口冷气——这些竹简，都是诸葛亮生前所写下的，其中不少都失传已久，极为珍贵。她很快便意识到，自己无意之中窥见了一个惊天秘密。

亮遗命葬汉中定军山，因山为坟，冢足容棺，敛以时服，不须器物。

孔明一生清廉，事繁食少，至死仅有朝廷封地十余顷，并无多余的财产留给后人。

"难道，这个所谓的'掩墓'……才是诸葛亮真正的衣冠冢吗？"

陈婉沫愣愣地站在那些竹简面前，惊讶得说不出话来。若这些遗物都能出土，怕是会引起极大的轰动。就在此时，不远处的黎青忽然喊了起来："婉沫！你快过来！"

两人赶忙跑了过去，只见黎青的手中捧着一卷竹简和一册古书。而那古书，竟是他们一直在找的《增一阿含经》。

"《增一阿含经》……"陈婉沫看着他手上的古书，不经一阵发懵，

“怎么可能……诸葛亮的墓里，怎么会有这本书呢？”

“怎么了？”黎青很是不解，“古人的墓中放些古书，不是很正常的吗？”

陈婉沫木然地摇了摇头，仍旧沉浸在惊愕之中：“《增一阿含经》最早的汉文本，是晋代才有的。三国时期下葬的诸葛亮墓中，怎么可能会有……”

听到这里，黎青也觉得非常奇怪，陷入了思考：“那，兴许是后人放进这墓穴里面的？你看，这里面存放的也都是些竹简，唯有这本经书是纸质的。”

“这倒不太可能。”平西王当即否定了黎青的设想，“你们也都看到了，咱进这墓穴的时候，入口机关重重，不是一般人能对付的。再说，这里面跟迷宫似的，今天要不是陈姑娘提醒，咱可都要活活饿死在这儿。要真有人能进到这墓室里头，里头的东西肯定早就被搬空了，谁他娘的会为了放一本破书冒这么大的险！”

两人觉得平西王的话也的确在理，便不在多想。眼下能取到这两样东西，已经是上辈子修来的福分。他们又仔细研究了一下那些竹简，并没有得到什么新的线索，便离开了这座古墓。

回到地面上的时候已将近中午。墓穴中的其他遗物他们一概都没有带走。陈婉沫有些不解，平西王费了这么大功夫才进到这墓里，竟真的什么都不拿，岂不是白忙了一宿。平西王无奈地笑了笑，说道：“这可是诸葛亮的墓！要真让那些宝贝见了天日，必会引来一场腥风血雨。我虚长你们几岁，这点道理还是懂的。白忙就白忙吧，总比把这条老命搭进去强啊！”

的确。眼下局势动乱，若真将武侯墓的真相公之于世，定会招来财迷心窍之人糟蹋了这些宝物。平西王让瘦猴子放出话去，说这定军山中的墓穴的确请不到主人，只是个机关重重的掩墓罢了。

黎青和陈婉沫再三谢过平西王，便带着竹简和经书离开定军山。两人在城里找到了平西王安排的旅店，租了两个套间，安顿下来，着手研究起《增一阿含经》来。

陈婉沫告诉黎青，要是这本经书的确是随孔明遗物一起下葬的，那就比史料记载的《增一阿含经》出现的时间，早了将近一百年。黎青读完这本经书，并没有发现什么值得注意的地方。

“这部经书跟我家的那本很像，只是看起来更古老一些，从排版上来看，两本经书有许多相似之处。”陈婉沫拿过经书逐页翻了起来，一面跟黎青讨论，“你看，这部经书的字，是东汉流行的字体，行距要比其他书籍宽不少，字与字之间的排列也比较松散，这点跟我爹那本《增一阿含经》完全一致。”

“原来如此……”黎青若有所思地说，“那么很有可能你们家的那本《增一阿含经》，就是这本经书的抄本？”

陈婉沫想了想，点了点头。

“怪不得老陈要说这本书如此特殊……诸葛亮墓的这本《增一阿含经》比历史记载最早的都要更早，怕是这世上第一本《增一阿含经》了。”黎青说着，又把这本书仔仔细细地看了一遍。发现原本字体更为端庄，气度典雅，颇有篆意，而抄本则因融入楷法，结体流畅，风格秀丽，眼见得是后世的临摹之作。

“你之前说你爹说，那本《增一阿含经》中有密码？”

“嗯……”陈婉沫不是很有自信地回答，“我也不记得他原话到底是什么了，我当时也没太当真，但确实说了那本书和什么密码有关。”

“密码……”黎青一页一页地翻着那本书，这和他印象中的《增一阿含经》并没有什么区别，也没有发现藏有密码的迹象。

无奈之下，他只好先放下这本《增一阿含经》，转而去研究那份竹简。

那卷竹简上面写着四个大字“诸葛遗文”。经年的灰尘和腐坏让上面的字迹变得有些难以辨认。黎青有点担心里面的内容会不会已经完全毁坏，而当他将粘连起来的竹简慢慢打开，试图阅读里面的内容时，却浑身打了一个激灵——

里面的文字，竟然和父亲的日记上所用的文字是一样的！

黎青立刻拿出了那本线装日记，两两比对——果然，虽然少许地方有些不同，但是大体上用的都是相同的文字。

“密码……”黎青拼命转动脑内的齿轮，看着这三件东西。突然，一道闪电划过他的脑海——

“我明白了！”他叫道。

“什么？”陈婉沫赶忙问他。

“这本《增一阿含经》，是密码本！”黎青欣喜若狂，手都有些颤抖，“你父亲说的密码，不是指《增一阿含经》，而是说《增一阿含经》本身就是密码！”

陈婉沫茫然地听着，显然还没有明白。

“所谓密码，都是由密文通过特定的加密方式转换而成的。”

黎青耐心地解释道，“就像电码，将内容通过电码表转换成二进制的电码。”

黎青说着，举起了《诸葛遗文》和《增一阿含经》。

“诸葛遗文和我父亲的日记就是密码，而《增一阿含经》就是电码表。这个密码就是那个字在这本《增一阿含经》中的位置。”

黎青接着说。

“你前面说这本的排版和你家那本抄本完全一致，就让我觉得奇怪。一般抄本就算内容完全一样，也不会连排版都抄了去。但是这样就好解释了，检字型密码对密码本的行列要求十分严格，稍有差池就会错之千里。所以，只有这本原本《增一阿含经》，或者和它排版一模一样的《增一阿含经》才能起到密码本的作用。”

陈婉沫这才像是明白了过来。

“原来如此……那赶紧看看这里面写了些什么！”

黎青点点头，把日记和《诸葛遗文》都拿了出来。他在两本里面权衡了一下，最终决定先破译父亲的日记。

他开始伏案工作。陈婉沫见他如此专注，悄然退出房间，体贴地掩上门，隔绝了外界的杂音，本想说声要注意休息，但看黎青认真的样子，怕是无论自己说什么，他都听不到了。

黎青房里的灯光，似乎亮了一个通宵。陈婉沫第二天清晨起床，通过门缝往里看了一眼，但见里面拉着厚重的窗帘，昏暗之中，只有书桌前的台灯下，依稀还有一片灯光。

黎青放松地靠在椅背上，闭着眼睛，不知是否还在熟睡。

陈婉沫推开门，轻轻唤了一声“青哥”。

黎青眉头皱了皱，却没有回应。

陈婉沫叹了口气，转身出门，又拿了一条毯子进来，正要给黎青披上，却不防他突然出声："我没睡呢。"

陈婉沫手一抖，毯子差点掉在地上。

"青哥一夜都没有休息？"陈婉沫焦急地推了推黎青："这怎么可能，瞧你，黑眼圈都出来了，还是快去睡一会儿吧。"

黎青伸了一个懒腰，疲惫地说道："不急。婉沫，你先看看这个。"

经书、《诸葛遗文》和日记，都被整齐地码在桌上，而在黎青正前方的，是一个本子，上面是密密麻麻的一页小字，这就是黎青破译了一个晚上的成果。

陈婉沫好奇地拿起来，它只是一页纸片而已，怎么看都不像是需要长时间破译的样子。而在看完全部内容之后，陈婉静拿着本子的手颤抖起来，久久说不出一个字来。

"很荒谬是吗？"黎青双手覆在脸上，用力抹了抹，终于清醒了几分，哈哈一笑，声音里带着难言的苦涩："我活了快三十年，今天才知道我原来有这么大的来历！"

"青哥……"陈婉沫第一次罕见地失去了言语，连安慰的话都说不出来。

薄薄的一页纸，记载的竟是黎青的真实身份，他一个字一个字对照着《增一阿含经》，校对了不下二十遍，终于确定，这一切都是真的。

自己的父亲，原来是上古传说中的魔神"烛九阴"的后裔，而自己身上也留有烛九阴的血液。据传，烛九阴很早就遭到封印，却始终没有真正死去。烛龙族人至今仍在密谋，要将烛九阴从封印中解放出来。

黎青终于明白，随着时间的流逝，烛九阴的命数正在流逝，只有用那些拥有强大巫力的人作为祭品，点燃他们的魂灯，才能确保烛九阴继续苟延残喘。为此，烛龙族人到处寻找生命，不惜为其燃灯续命，这就是那些黑衣人举行诡异的燃灯仪式的原因。

黎青看完被解码后的简介，内心五味杂陈。尽管身体感到无比疲惫，但头脑却毫无睡意。

陈婉沫看完最后一行字，不解地问道："青哥，纸上说，烛九阴需要巫力强大者做祭品，指的是……"

黎青眼神一冷："你也想到了？如果没有意外的话，应该是玉儿，这才是那群人带走她的原因，他们想用玉儿给烛九阴献祭。"

陈婉沫脸色一变："怎么会呢？"

黎青双手插进短短的头发里，百般无奈地说："我明明知道这些，却不知道该如何阻止。"

陈婉沫手搭在黎青的肩上轻轻拍了拍，过了会儿，突然说道："我有个想法，听起来有些难以执行，但说不定可以试试。"

黎青满含希冀地望着她："我已经无计可施了，如果你有什么办法，不管是什么，都说出来吧，哪怕有一线希望，我们也要试它一试。"

陈婉沫眸光黯然，神色有些迟疑地说："既然烛龙族人认为烛九阴还活着，所以才要献祭巫力强大的人，那若是烛龙死了呢，烛龙族人总该放弃了吧？"

黎青眼前顿时一亮，猛地站了起来："如果烛龙死了，他们做的一切便毫无必要。只要争取到时间，我们就有可能救出玉儿！"

"烛九阴的封印地点……他们若是要献祭玉儿，一定会去那里！"黎青将本子拨到一旁，小心翼翼地将残损的竹简再度摊开，"《诸葛遗文》里，可能就有答案……"

陈婉沫皱了皱眉："青哥，你还是先休息一下，这样下去，你的身体会垮掉的！"

黎青摇摇头："玉儿命悬一线，我没有时间休息。"

黎青脑海中一个"太巧了"的念头一闪而过，随即被他不在意地抛诸脑后，现在只要有救玉儿的一线希望，他都不会放过，而他居然在自怨自艾的叹息中浪费了整个夜晚。

黎青简直想给自己一巴掌，让自己快快振作起来。

竹简的内容比日记更难破译，岁月侵蚀太多，很多痕迹都辨认不清，但黎青仍然拿出十二分的耐心，逐步回到《增一阿含经》里面对照寻找着。

越来越多的线索涌现在笔端。黎青变得越来越兴奋，但最关键的部分，却位于破损严重的卷尾。

两个小时后，黎青揉了揉眉心，用力眨眨眼睛，长时间用眼，让他的视线变得模糊不清。

陈婉沫坐在一边静候，这时终于忍不住柔声说："青哥，你去睡一会儿吧，我看了你的破译过程，也有些明白了，要是你信得过我，接下来就由我来帮你破译吧。"

黎青还是感到不太放心。他沉吟着，没有作声。

陈婉沫又说："我想玉儿小姐也不愿意看到你如此操劳疲惫的样子，剩下的不多了，大不了你觉得我翻译得不对，等下再重新校对一遍好了。"

话都说到这个份上了，黎青若是再拒绝，就会伤了陈婉沫的一片好心。

他只好点点头："我就在沙发上眯一会儿，你破译完了就把我叫起来。"

陈婉沫笑道："你就放心吧，我保证一定尽全力破译，保证不出任何问题。"

黎青无奈地摇了摇头，站起来的时候，身形微微一晃，扶住桌子才稳住。

"瞧，若是再放任你这样熬下去，恐怕能去找玉儿小姐的就只有我一个人了。"陈婉沫打趣道。

黎青无言以对："那就麻烦姑娘了。"

"跟我还那么客气做什么！"陈婉沫笑了笑，坐在黎青的位子上，问过他进行到哪里之后，就动作娴熟地开始了。

黎青看她破译了两个字符而没有什么错误，才放心地在沙发上倒了下去。这一睡就是数个小时，黎青是自然醒来的，睁开眼睛后，猛地打了一个激灵，从沙发上翻了下来。

书房外传来饭菜的香味，黎青的肚子瞬间唱起了空城计。

陈婉沫的脚步声渐渐走进，看到黎青的痴呆样，她笑靥如花地说："真该把你现在的样子拍下来，让玉儿也瞧瞧！"

黎青爬起身来，挠了挠乱糟糟的头发："你怎么没叫我？"

“你太累了，让你多睡一会儿也好，而且我也刚完成不久，为了你的身体着想，还是先出来吃饭，你觉得呢？”

黎青点点头：“婉沫，谢谢你。”

陈婉沫俏脸一板：“说谢谢就太见外了，还是青哥从来没拿我当朋友？”

“这是哪儿跟哪儿，对了，译文呢？”黎青扫了桌子一眼，干干净净的，似乎没在这里。

“在餐桌上，”陈婉沫叹了口气，“为了让你能顺从地去吃东西，恐怕只能拿这个来利诱了。”

黎青笑道：“妹妹如此煞费苦心，辛苦了。”

黎青边说边往洗手间走去，没注意到陈婉沫的脸色不太自然。

一边是热腾腾的饭菜，一边是整理得极为规整的译文，从洗手间里走出来的那一刻，黎青就迫不及待地落座，右手筷子先夹了一口饭菜，左手十分自然地抄起几页纸，放在眼前细细地读了起来。

《诸葛遗文》里，记载着一个远古的传说：据说，上古之世，西北海之外，赤水之北，有一座章尾山。山上栖息着人面蛇身的祖巫之神：烛九阴。烛九阴是体型庞大的巫神，眼睛开闭一次，就是时间昼夜交替；深呼吸一次，就是节候的春秋轮回。他每一次出现在人间，就给时间之轮的运转造成干扰，继而给人带来迷惑和错乱。

后来，禹神姒文命受帝俊之命治水，行至大荒之北，穷究天下河川源流，遇到烛九阴现世，便联合后稷和皋陶，封印了这位巫神，断天下为九州。从此， 九州治乱循环……

公元前 230 年，韩国遭秦吞并。秦王嬴政一统天下的序幕自此拉开。接下来是赵国、魏国、楚国、燕国和东海之滨的齐国。七雄并起的战国之世，就此宣告结束。张良所在的张氏一族，是韩国显赫的贵族，其祖父曾担任韩国三代君主的相国，父亲也曾担任两朝的相国。张家之所以能在韩国根深蒂固、荣耀无比，是因为他们都是韩国的大祭司，世代传承着替韩国君主沟通天帝的使命。而祭司这 个身份，既负责沟通天神，又负责历史事实的传承。变故之后，张良再无家业可继，也没有成为新的韩相。但他继承了祖祖辈辈具有的祭司职能。灭家灭国之恨，使张良立志要杀死秦王嬴政——如今一统天下的皇帝，为族人报仇雪恨。他精心策划了博浪沙一役，却误打中了始皇帝的副车。

刺杀失败后，他只好隐居下邳，躲避通缉。就在下邳，张良意外解开了烛九阴的封印，召唤到了这一祖巫。正是因为这一次与祖巫的相遇，使得上古巫术现世，张良及其后人，成为了一个神秘的巫祭司群体，分化为十二支，他们精通不同的巫术，不仅通灵唤鬼，甚至影响到了历史的进程。汉武帝晚年，皇宫里爆发“ 巫蛊之祸”，武帝对会巫术之人大肆屠杀，其中有十一个巫族支系惨遭灭族，另有一支基本被杀尽，因为某些原因，只有少数几个人得以幸存，他们隐姓埋名，靠算命占卜苟活，十二族都曾有自己的一个强大法器，传说只要得到这些法器，便能重启上古神秘巫术，为所欲为。

诸葛亮隐居卧龙时，曾碰到一位神人，他就是幸存的燃灯巫族的后代， 诸葛亮与其长谈七天七夜，记录了众多巫术，并在他临终之时，把这一切写进这篇遗文，并留下了七星灯续命的传说。

黎青这才终于懂得，诸葛亮墓的这番设计，实际上是用诸葛亮的尸骨来掩护这篇遗文，与其说这是掩墓，不如说这才是主墓。

黎青加快速度，一行行筛选，越过不必要的部分，终于在后面的位置，找到了烛九阴主灯的位置和他最想得知的消息——进入的方法！

三霄洞，烛九阴封印之地，每逢月食之夜方可进入，月食结束之后则入口重新封闭，月食之夜，燃檀香，青烟去处，是为归宿。

“原来如此，”黎青恍然大悟，“所以李玉儿他们当时才会逃出来后再也找不到那个墓穴的位置……对了，下一次月食是什么时候？”

“怎么会有这么巧的事情……”陈婉沫端着碗，脸上满是诧异，“刚才我还在楼下读了报纸，上面正好写到，后天将会有一次月全食呢！”

黎青听了，立刻站了起来。

“那我们立刻动身！”

第八章

三霄洞

峨眉山，三霄洞。全部事件的起点。

黎青盯着手中的怀表，心中不禁忐忑起来。这一个月里，他所经历的事情比自己写的小说更加玄幻，总觉得有些不可思议。他几度深陷危机，若无贵人相助，怕是早已命丧黄泉。

而今天，黎青能依靠的大概只有自己——不，是只能依靠自己。他终于开始明白陈婉沫曾经说过的话，只是不愿就此妥协。

“青哥，时间差不多了。”

陈婉沫捋了捋头发，望向暗黑的天空。那银盘似的满月，果真消瘦了一些。

黎青回过神来，点了点头，燃起一炷细香。明明没有风，可烟雾却不断地向前飘去，像是要引领他们前行。陈婉沫有些害怕，小鸟依人一般，双手紧紧缠住黎青的左臂，两人就这么随着烟雾走了十多分钟。待他们摸到三霄洞的背面，黎青手中的香忽然灭了，残烟打了个圈儿，便融入迷茫的夜色之中。

黎青环视四周，发现了一处像是坟冢的土丘，底部有个不大不小的入口。黎青点了油灯，先爬进洞穴。洞内高度不足一人，却很狭长。陈婉沫也鼓足勇气爬进洞里，跟着黎青低头向前走着。两人一直走了快半个小时，洞穴这才逐渐变得高大宽阔起来。

“按照《诸葛遗文》所述，我们必须赶在月食结束之前离开这里。”黎青时不时地看一下表，生怕和在定军山时一样踏进迷宫。而这一回，可没有什么平西王之类的人物能救他们。

陈婉沫一言不发，只是紧紧尾随在黎青身后，乖得像一只小猫。黎青比照遗文上的信息，倒是没走什么冤枉路，两人顺利地到了洞穴的最深处。

正如那三旋曾经说过的一样，这里根本就不是什么古墓，却又寒气逼人，阴森得让人战栗。底层开阔的腔室中，除了正中央一盏人形宫灯以外，便再无他物。

柔和的灯光静静跳动着，使这盏宫灯看起来十分寻常。黎青凑近了一些，方才发现，火光并非承载于灯芯之上，也一点不温暖，靠得越近，反而越发阴冷。

这就是用来吸食李玉儿阳寿的那盏巫灯吗？黎青闭上了双眼，仿佛听到了火光在嘲笑他们。

“青哥……”陈婉沫站在一旁，轻声提醒道，“该灭灯了。”

黎青点了点头，将拇指放进嘴里，狠狠地咬了下去。铁锈味很快便渗入了唇齿之间。

“李玉儿，你救了我这么多回。这一次，该轮到我来救你了。”

黎青垂下手，向那冷笑的宫灯走去。

“等一下。”

空旷的洞穴中，第三个人的声音沉闷地回响着。

陈婉沫诧异地回过头去，竟看到不久前失踪的严锡九和本该身在天津的那三旋。黎青倒是没表现出太过惊讶的样子，慢慢转过身，欣慰地笑了：“阿九，三爷，你们怎么才来啊？”

那三旋一脸阴沉，对于这久别重逢并没有一丝的愉悦。“黎青，我们都错了。这宫灯万万不能灭掉，因为它根本救不了玉儿。”

严锡九的神情同样非常凝重，接着三旋的话说了下去：“其实你心里也明白，黎兄。那个你无条件信任的人，终会将你推进万劫不复的深渊。”他掉头向着陈婉沫说：“你，你，你到底是谁？”

“……你在说什么呢？九哥，三爷，你们这是……怎么了？”陈婉沫面对突如其来的质问，即惊讶又惶恐，胆怯地向后退了一步。

“这世上，本就不该有陈婉沫这个人。”严锡九从包里抽出一个档案袋来，“还记得蕴山小学的另一个生还者吗？他姓刘，是警察局的局长。老陈出事之后，我和三旋找到他，托他处理老陈的后事。玉儿姑娘在保定被抓的时候，我也受了重伤，万幸的是，捡回了一条性命。我秘密回到天津投奔刘局长，可他却告诉我，真正的陈德昌早在二十年前就死掉了。不仅如此，他也没有一个名叫陈婉沫的女儿。我手里拿的，便是陈德昌生前的档案。看样子，我们所认识的‘老陈’，已经盗用别人的身份生活十多年了。”

黎青低着头，一时难以面对严锡九口中的真相。

“婉沫，我是相信你的……”

黎青讷讷地说，声音里带着无限的失望和惶惑。

“我曾经……是相信你的啊。”

严锡九的这番话，像一支利箭，击中了黎青的要害。他喜欢这个一直陪伴身旁，从未说过放弃的女子，却也时常生出各种疑虑。在灵雨寺的时候，黎青就怀疑过；在定军山的时候，黎青也怀疑过；甚至在他们赶往三霄洞的时候，黎青的脑海中也曾闪过一丝怀疑。

自从和那三旋分开过后，他和陈婉沫便再没有遭受过黑衣人的袭击，而线索也一个接一个地串成了连环。每当他一筹莫展的时候，陈婉沫总能一语道出关键；在他止步不前的时候，也是陈婉沫引导着他不再回头。

这一切看起来似乎太过自然了。

可是最终，黎青还是选择了相信。在这份信任中，饱含着对老陈的愧疚，也埋藏着他对婉沫的不可抑制的喜欢。这好像不是爱情，因为他爱的是另一个女人，却又不像是寻常的友情。此刻，他左右为难，心如刀绞。

黎青抬起头，望着身旁泪流满面的陈婉沫。

我该用什么去回应这泪水才好呢？是信任，抑或是……怀疑？

“青哥，对不起……”

泪滴从婉沫脸上无声地滑落。黎青再次低下头去，不敢面对陈婉沫的哀怨目光。但当他抬头再次跟她对视时，她的脸上已经变得没有表情。不等黎青做出反应，陈婉沫飞快地闪到他身后，身手利落地用手掌劈晕了他。那三旋冲上前去想要阻止，却被人一把擒住，重重地押在地上而动弹不得。他吃力地抬起头来，发现这些不速之客不是别人，正是他的老朋友——身穿黑衣的行刑者们。

眼见严锡九也被制服了，那三旋懊悔不已。刚才怎么着也该先从这破地方跑出去再说。

就着这个当口，杜宝桢从山洞外面无表情地走了进来，身后跟着几个黑衣人，其中两个黑衣人还押着一个他们非常熟悉的身影——李玉儿。

“玉儿。”那三旋大声叫道。

李玉儿被裹在一件拘束服里，被两个黑衣人放在担架上抬着，此举大约是为了防止她使用巫术。她艰难地动了动脑袋，看见了那三旋和严锡九。

“三旋。对不起……都怪我一时疏忽……”她悔恨地说。

黎青这时也从短暂的昏迷中醒了过来,恍惚间看到了玉儿的模样。

“咳咳……”

从不远处传来一声轻轻的咳嗽，在这空旷的山洞里发出回声，撞在四周的洞壁上，显得十分响亮，宛若一声惊雷，直直地砸到了黎青的心里。

同时，一个佝偻的影子颤颤巍巍走进了山洞，在火炬的光照下越变越大，最后来到了黎青他们的面前。

“咳咳……辛苦你们了。”

陈德昌沙哑的声音中听不出一丝感情。

陈婉沫走到陈德昌身后，低着头不敢直视黎青。那只击打黎青的手垂在身边，明亮的眼睛充满了愧疚。

她不想如此,真的不想,可是……如果她没有带着使命接近黎青,或许他们的关系，不会是现在的状态。她心中充满了无限的悲凉。

黎青用力闭了闭眼睛,然后再度睁开,视线逐渐回到明晰的状态。

“玉儿？”黎青用力一掐自己的掌心，发现这不是在做梦。

他揉了揉被陈婉沫击了一掌的后颈，摇摇晃晃地站了起来。看到这一切之后，还有什么不明白的呢。他被彻底算计了，从头到尾。他所信任的人，陈婉沫，甚至算不上背叛，他只是被她所引导，一步步走到现在。一切都在别人的算计之中。

真蠢，为什么自己从未想过……不，不是没有想过。黎青咬咬牙，只是不愿相信罢了。

陈婉沫感到黎青看向自己的目光，像锥子一样刺入她的肌肤。她的心脏拧绞起来，她也不愿意，但这是她的任务，而在任务里，是不能掺入感情的。

陈婉沫闭了闭眼睛，回望向黎青，眼底平静无波。

原来傻的人，似乎真的只有自己。真是织的一张好网！他开始有些钦佩自己的对手了。

黎青苦笑一声，转移开视线，或许他从来没有看透过她，他的信任对她而言，其实一文不值。

他仿佛初次见面一样，上下打量着陈德昌。

“阿九，三爷，你们没事吧？”黎青的话却是对被控制住的严锡九、那三旋所说。严锡九用力挣扎了一下，两名黑衣人紧紧地按着他，他已无计可施。

“啧，不太好！”严锡九眼神里并没有太多的恐慌之色。

比这更大的恐惧与危险早已经历过，现在的场景，已经不算得什么。既然此前那么多次都能逢凶化吉，那么这次，老天爷也必定会眷顾他们。

“现在倒是没事儿！”那三旋“呸”一声吐出一口血沫：“过一会儿就不知道能不能保住小命了。”

被这些人逮到，指不定会弄出什么幺蛾子。再说了，目前最重要的是李玉儿。那三旋看向李玉儿，见她被绑在担架上，几乎一动不动，眼神顿时一冷。

那三旋咬咬牙，心想，总有一天，要把这帮王八蛋全给收拾了。

李玉儿咬着唇："到现在为止，他们倒是没怎么为难我。"

黎青听了，缓缓舒了口气。

"老陈……不，"黎青眸光一冷，悲哀却清醒地看着陈德昌的眼睛："我该怎么称呼你？"

那个人早已不是他父亲的好友陈德昌了，或者说，从来都没有是过。

他，果然还是太年轻，太轻信了。

陈德昌没有回答，他的目光投向了主灯，眼神里燃烧起狂热的火焰："名字？二十年前我就已经舍弃了，二十年的筹谋，只为今天，终于，终于被我找到了，主灯的位置！"

黎青冷笑道："哼，还真会往自己脸上贴金。"

陈德昌不理会黎青的讽刺："过程并不重要，重要的是，主灯即将熄灭，烛龙的封印终于可以解除，烛龙的力量将重新苏醒！"

陈德昌的话语感染了那些黑衣人，他们的眼里也燃起炽热的火焰。

黎青看了一眼被控制的严锡九和那三旋，脸色越发深沉起来。

"准备仪式！"

陈德昌霸气地朝手下的黑衣人说道，伸手一挥，器宇轩昂。

筹备了这么久，即使是已经见识过大风大浪的陈德昌，言语间也不免提高了调门。

终于要实现了，就要实现了，这经营了一千多年的夙愿！

黑衣人抬着李玉儿走到主灯前，另一部分人将黎青团团围了起来，只待陈德昌一声令下，就要对他强制取血。

“等一下！”黎青突然后退几步，背靠着石壁：“就算要死，至少让我死个明白！”

现如今，他的脑中一片混乱，总觉得事情不该是这样的，可是又说不出到底哪里不对。

陈婉沫看着陈德昌的背影，干裂的嘴唇动了动，却没有再说什么。

死到临头了，竟然还这么多事，陈德昌眼中闪过一丝不悦。他沉默一会儿，开口道：“也罢，你想知道什么？”

“所有，你们为什么会找上我，我父亲究竟在哪里，还有那本日记……”黎青长舒了口气：“我想知道的，不过是真相而已！”

陈德昌语带调侃地说：“为什么要找上你？咳咳，要怪，就怪你是黎家人！”

黎青一皱眉：“《增一阿含经》中说，我父亲是烛九阴的后人，你要的是烛九阴后裔的血脉？”

父亲的失踪，确实让黎青诧异了一段时间，不过，总觉得，一切应该是连贯的。如果真是那样的话，那么……

可是，不对！

解除烛龙的封印？

陈德昌笑了两声：“不，你不是烛龙之后，封印烛龙的，是燃灯巫族，黎家，是燃灯巫族的后人，只有黎家的血，才能熄灭这盏灯！”

而今天这一伟大的事件，将在他的手中完成。烛龙，也将会再次面世。

“不可能，日记中明明说……”

黎青一顿，突然想到了什么。

陈德昌淡淡地说道："日记，已经被我调换过了。"

黎青瞳孔一缩，手指用力扣住身后的石壁："那我父亲呢！"

他仅存一丝期待地看着陈德昌，希望他能够稍存仁义之心。可是在内心深处他明白，这不过是一种妄想罢了。

"死了，"陈德昌轻描淡写地说道："原本是不需要死的，可惜，他太固执，这三霄洞，便是你父亲的葬身之地！"

黎青身形一晃："是你杀了他！"

陈德昌不屑道："是他自己的愚蠢害死了他，若是当年他识趣一下，说不定现在活得好好的！"

所以说，什么人都可以存活，就是愚蠢的人不行。可是许多人却偏偏依照自己的愚蠢行事，而那不过是自寻死路而已。

陈德昌说完，掉头吩咐下人道："还愣着做什么，快去做仪式准备！"

黑衣人听到呵斥，赶忙行动起来，步履整齐，手法熟练，看来，绝对是一群经过严格训练的高手。

黎青终于知道父亲失踪的真相，心中不由得大恸起来，听到后面的话后顿时一急："等等，你的目标是我，放了他们，我任由你取血！"

至少先将玉儿救出去！她不该被卷进这个无底的悲剧。

李玉儿侧脸望着黎青，眼眶一热，眼泪淌了下来："不要，逞什么英雄！千万不能解放烛龙的封印！"

"这事儿可由不得你，李玉儿的身体是烛龙的容器，待烛龙醒来之后，你们的使命也就结束了！”陈德昌一挥手，黎青顿时被四个黑衣人死死按在地上。

带来的，怎么可能再放出去呢？而且他相信，烛龙会喜爱这个容器的。

“该死的，放开我！”任凭黎青如何用力，都无法摆脱这群黑衣人的桎梏。

挣扎了几番，反倒是浪费了不少气力。黎青心中明白，这次，好像真的是大难临头了。只是一想到自己可能连累到这些人，心中不禁懊恼万分。

黑衣人以李玉儿和主灯为中心，用不知什么生物的血，在地上刻画出一个阵法，李玉儿和主灯被罩在最里面的圆形中，外面则是一串黎青看不懂的符号，甚至还有几个六芒星图形。

在阵法的外围，有十二个均匀分布的空白，看上去整个大阵还缺了点什么。

黎青震惊地问道：“这是？”

“哈哈，自然是能够让烛龙复活的东西。”陈德昌嘴角的皱纹由于微笑而变得更深。

伟大的作品，自然需要更加缜密的工作，还有细致入微的环节，加上相应的牺牲与贡献。

严锡九和那三旋直觉那阵法有些古怪，听到陈德昌的话，那三旋不由骂了一声：“呸，这个老疯子！”

十二个黑衣人按照原先的吩咐，每人手中举着一根手臂一样粗的白烛，站在阵法的十二个均匀分布的空白处。目光无限虔诚，似乎在投入一件伟大的事务。

黎青恍然大悟：是人!

但凡启动一个吸灵大阵，每次都少不了献祭者，而这十二个人，恐怕就是被陈德昌选中的牺牲者。

“住手，你疯了吗？”黎青用力扭动了一下手臂，却仍然被按得死死地：“这要杀死多少人，就为了复活一个根本不受控制的凶魔？”

“这不是牺牲，而是为了伟大事业献身，他们的价值，会得到最大的体现！”陈德昌神色坚定地说。

“这是贡献,心甘情愿的贡献,为了实现人生价值而作出的贡献，相信这些人也会为此而骄傲的。再说了，若是烛龙现世，一定会对他们有所褒奖的。”

黎青牙根一咬：“你就是这样给他们洗脑的吗？”

陈德昌深吸了一口气，转向陈婉沫说道：“咳，去把所有的灯都灭了！”

洞穴陷入了短暂的黑暗。黎青进来的时候，在各个墙角处扔了几个照明灯，现在灯都灭了，黑暗中只有些许沉重的呼吸声。

不知道陈德昌发出了什么指令，十二个人同时点燃了手中的蜡烛，双手将其举在胸前，缓缓闭上眼睛。

“他们在干什么？”那三旋受不了沉静到死寂的气氛，好奇地问严锡九。

严锡九低低咒骂了一声：“不是说了要复活烛龙，该死的，这是搞的什么鬼名堂？”

黎青透过一个黑衣人的烛光，看到了他正在翕动的嘴巴，知道他们正在吟诵。

那是咒文？还是祈祷？

黎青心中生出种强烈的不祥预感，这种仪式，给人一种诡异的错位感。

一个念头跳入黎青脑中，他连忙看向远处，但他只能看到黑乎乎的一片。

“玉儿，你有没有不舒服的感觉？”黎青大声问道。

李玉儿只能看到矗立在四周的十二个影子，黎青和其他人被控制在黑暗中，她谁都见不到，心中就有些惊惶。

但她知道，黎青正在想办法，她对此要有信心。他们一定能找出办法的。一定会的。

“没有，”李玉儿强忍不安说道：“不用担心我，现在最重要的是，想想怎样才能破解这个巫局！”

话音刚落，主灯的火光突然微微一闪，大风骤起，洞穴里烟尘飞扬，陈德昌极力压抑着咳嗽声。睁大眼睛看向主灯的方向，嘴角里浮出一抹诡异的笑意。

烟尘过后，黎青睁开眼睛，用力抬头望向主灯，它和十二道烛火依旧摇曳地燃烧着，但上面突然出现一道浅金色的虚影。人面龙身，通体赤红，口中衔烛，那双据说能够更改日月的眼睛，此刻却紧紧地闭着。

虽然远观只是一道虚影，黎青却能感受到它的力量，悠远而强大，正在缓慢地苏醒过来。

陈德昌激动地说："瞧，这就是烛龙，烛九阴啊……"

他的梦想，终于快要实现了。看着主灯上的虚影，陈德昌万分激动，佝偻的背似乎也挺直了一些。

"停下，住手！"

黎青用力挣扎着，黑衣人不敢出手伤他，居然被他挣脱开去。他毕竟只是一个人，倒也不足为惧。黎青想要跑过去，只是仪式旁还围着五六个人，不可能放任黎青突围进去。

"拦住他！咳咳……"陈德昌没想到这时候黎青竟能挣脱束缚，受惊之下，他的咳嗽变得剧烈起来。

他决不允许他的好事被人破坏，绝对不行。

陈婉沫走上前去，轻轻拍打着陈德昌的后背，帮他把呼吸平顺下来。

"玉儿，快离开阵法中心！"黎青目眦欲裂地吼道。

那个东西，太过危险了。

严锡九和那三旋第一次见到这种只存在于历史传说中的怪物，震惊得几乎忘了思考，听到黎青的咆哮，这才艰难地将视线收回。

严锡九焦急地望向三霄洞之外，还没有人过来吗？

入洞之前，他曾经联系当地军队中的一名军官，只要再坚持一会儿，他们应该就可以得救了。

严锡九用力扭了扭手腕，结实的绳子纹丝不动。

"该死的，快点来啊！"严锡九额头上青筋暴起。

那三旋见那虚影移动着，就要没入李玉儿体内，不由得急起来，连滚带爬向前扑去："玉儿，小心！"

千万不能让他们得逞，否则就是调动千军万马，也无法战胜强大的烛龙。

“玉儿，快出来啊！”黎青眼睛都急红了，十二个献祭者无法动弹，其他的看守者都被他吸引过来，要逃出来，就只能趁此刻！

李玉儿吸了吸鼻子，用力扭动手脚，手臂被拘束带擦红磨破，却还是无法挣脱。

“我，我动不了！”李玉儿的身体被束缚在下面的担架上，连翻滚出来都做不到。她心中的绝望，像寒流一样卷上心头。

突然间，地面上的阵法亮了起来，十二个献祭者的声音隐约地传入黎青等人耳中。

毫无感情的梵唱，让人听了浑身发冷，而那原本就十分诡异的主灯，仿佛得到了力量，越发明亮而阴寒起来，犹如毒蛇分叉的蛇信。

寂静中，那三旋的声音骤然响起：“看他们的手！”

不只是黎青，连陈德昌的视线都被吸引过去。

方才进入阵法的明明是 12 个正值壮年的年轻人，而现在，他们手上已经布满老年人的褶皱和斑纹，而他们挺直的脊背，也先后佝偻下去，似乎都有些支撑不住。

看到这一幕，陈德昌不惊反喜：“哈哈，成功了，成功了！”

启动阵法要吸收十二位年轻人的精血、活力和生命，只要这十二人被活生生地吸干，阵法也就大功告成了。而现在，距离成功，也就只有一步之遥。

在这寂静的洞穴里，陈德昌的声音显得格外诡异，就连站在他身后的陈婉沫也有些心惊。

“疯子，不可理喻！”黎青大吼道：“听着，我不知道你为什么要复活烛九阴，但你一定会后悔的。烛九阴给人带来的，只能是灾难！”

陈德昌不为所动，他心中的执念，根深蒂固了数十年，那是他活着的动力，他信念的支点，绝非黎青的三言两语所能改变。

突然“噗通”一声轻响，众人不由看向声音传来的方向，它来自阵法边缘。一个人倒了下去，他手中的蜡烛不知何时已经燃尽。

黎青看向其他 11 人，他们大多数还剩下最后一息微弱的火光。

李玉儿的鲜血，顺着束缚身体的皮锁，缓缓流入魔法阵中，她仰躺在担架上，眼神渐渐变得绝望起来。

“把他拖出来！”陈德昌脸色冷凝，用沙哑的声音发出了威严的命令。

一名黑衣人伸手进入阵法中，刚碰到死者的尸体，却发出一声惨叫，不消片刻，他的身体便被吸得只剩下一层皮囊，比其他拿着蜡烛的人死得更快。

陈德昌也没料到会出现这样的情况，顿时警觉起来，不敢再让其他人上前。

他带来的人手都是预先设定的,这十二人注定要牺牲,但其他人,则必须用来完成仪式。

黎青握紧拳头：“不，不……”

他并不冷血，看到一条活生生的生命在自己面前惨死，他也会感到悲哀，但现在他更担心的是，阵法在吸收了一个人的灵气之后，完成的速度可能会不断加快……

玉儿，你究竟还能坚持多久？

黎青的挣扎越来越无力，他大口喘着粗气，为自己的无能和无力感到伤心。

“噗通，噗通……”一具一具鲜活的躯体逐个倒下，生命消散，光芒不再。

最后，居然还剩一个人，摇摇晃晃地站着，在阵法的吸收中活了下来。

阵法的力量这时已经趋近饱和，烛龙的虚影在凝结中变得更接近实体。黎青瞪大眼睛看着它，仿佛感受到一条活着的烛龙蜷伏在那里，不吃，不喝，不睡，也不呼吸，而当那双眼睛猛然睁开时，人间将变得一片黑暗。

活着的黑衣人摇摇晃晃后退几步，出了阵法的范围，被另外两个黑衣人扶住。

黑色的兜帽被掀开，幸存者吐出几颗脱落的牙齿，方才还年轻力壮的男人，转瞬间已是耄耋之年的老人。

黎青心里一沉，仪式已经结束了，这意味着……

陈德昌一挥手说：“开灯吧！”

周围渐渐明亮起来，但烛龙的身躯却渐渐变细缩小，化为一道光柱，突然没入李玉儿体内。

“啊——”

李玉儿身体突然绷紧，喉咙里发出一声痛苦的尖叫。

“不可以，玉儿！”

黎青剧烈地挣扎着，目眦欲裂。一定有什么办法可以救她的，烛龙会侵蚀玉儿的神智，决不能让他们得逞。否则，后果不堪设想。

那三旋双腿用力一蹬，将身前看守的黑衣人踢开，疯狂地冲向陈德昌：“妈的，老子跟你拼了！”

陈德昌一时防备不及，被那三旋的蛮力冲击得连连后退几步，一屁股跌倒在地，满脸怒容地看着挟持那三旋的众人，语气变得十分愤怒。

“都是窝囊废，连个绑了手脚的都看不住，你们都是吃白饭的吗？”

那三旋很快就被黑衣人制服，按在地上，遭到一顿暴打。

“唔唔唔……”那三旋口里含混不清，不知在骂什么。

陈德昌因那三旋的举动而受了惊吓，他看着鼻青脸肿的三爷时，露出狠辣的凶光：“杀了他！”

除了李玉儿和黎青，其他人对自己的计划没有任何用处，留着也是白费了。

“你敢！”一男一女的咆哮同时响起，一个是被压制的黎青，另一个，居然是承受着烛龙之力却依旧保存着神智的李玉儿。

陈德昌冷哼一声，这两个人不足为惧的威胁，他根本没有放在眼里。

黑衣人接到陈德昌的指示，两个死死压住那三旋，另一个从后腰拔出一把匕首。

“住手！”李玉儿惊骇地瞪大眼睛，惊慌的瞳孔中，倒映着黑衣人缓缓举起匕首的影像。

陈德昌冷漠的表情没有任何变化。

李玉儿只感到一股热力从小腹处涌向四肢百骸，双拳猛地一握，用力一抬手臂。

“嘣”束缚带居然被她生生挣断，飞溅的铁质纽扣“叮当”一声落下，掷地有声。

陈德昌眼睛一亮，转头看向李玉儿：“这，这是……”

他看错了吗？这李玉儿怎会逃离？

李玉儿在接受烛龙的力量，方才没入她体内的虚影，正随着力量散发到她全身，渐渐掌控着这个躯体。她的大脑像是在被灼烧。肉身的力量愈来愈强，而意识却变得越发模糊。李玉儿知道，烛龙在赋予她力量的同时，正在抹除她的思维。

“三……旋……”李玉儿的瞳孔瞬间被红色所充盈，就在那一秒里，所有人都感到了一股狂野的兽性，从阵法中心传来，撞击在墓穴的石壁上，汹涌澎湃。

黎青身体一震，大声喊道：“玉儿，快醒醒，别让那个怪物控制你的身体！”

陈德昌大喜过望，正如他所料，李玉儿的身体果然是绝佳的容器。伟大的烛龙，它的灵魂和力量，有望被百分之百地唤醒。

李玉儿听到黎青的吼声，精神为之一振，再度夺回了身体的控制权。

“其他人一起上，把那个女人控制住，在熄灭主灯之前，万万不可再出什么差错！”陈德昌向后退了两步，确定自己所处位置安全，这才冷静地发出了新的指令。

陈婉沫后退了几步，对陈德昌的作为，突然产生了深切的怀疑。

他们这样做，真的对吗？

陈德昌见她呆呆地站在那里发愣，不知后退，也没有上前攻击，不由大声呵斥道：“你愣着干什么？还不快过来！”

陈婉沫顺从地走到陈德昌身后，她没有任何反抗的意图，她只希望这件折磨人的事情能尽快结束。

李玉儿看到黑衣人靠近自己，眼底再次泛起猩红，她想要得到更多的力量，把自己变得更强，直到挣脱这个该死的束缚。

“嘣嘣嘣，”双臂和两腿上的皮锁，已经无法束缚这超人的力量，发生了最后的崩断。而李玉儿蜷起身体，双臂交叉放在身前。

黑衣人一哄而上，无数双手伸出来，试图将她按倒在地。

“玉儿，快躲开！”黎青眼里闪过一丝希望，既然已经挣脱皮锁，就凭李玉儿的身手，应该可以逃离，而若是承载烛龙力量的身体跑了，陈德昌的如意算盘就算落空了。

黑衣人将最中心的李玉儿团团围住。她已逃无可逃。

黎青眼中的希望渐渐化为绝望，突然，黑衣人围成的圈子剧烈晃动了一下。

一股无形的气浪以李玉儿为中心猛然爆发出来，方才聚在一起的黑衣人仿佛开花一般，被这道气浪击飞出去，一个个重重地落在地上，溃不成军。

黎青、那三旋和严锡九大喜过望，事情正在发生戏剧性的变化。

只是李玉儿抬起头来之后，三人心中的侥幸顿时一扫而空。她眼神空洞，放射着阴森的红色血光，而这正是烛龙的表情。

“玉儿！”黎青一个翻滚，从正在发愣的黑衣人手中挣脱出来。

陈德昌蹙起眉，对陈婉沫沉声喊道：“拦下他！”

现在控制李玉儿身体的，正是烛龙的力量，因为烛龙本能地憎恨燃灯巫族人，黎青一旦冲上前去，只有死路一条。而他死了并不要紧，但若是不能完成最后的仪式，那就得不偿失了。

在黎青冲到李玉儿身边之前，陈婉沫一把抱住了他的后腰。

黎青被陈婉沫前冲的力道带得向前扑倒，下巴在地面上狠狠一磕，顿时渗出殷红的鲜血。

李玉儿翕动了一下鼻子，猩红的目光望向黎青，然后一步一步地向他走去。

陈德昌大喝一声：“不好，烛龙闻到了血气。”

陈婉沫置身于黎青的身后，没看到这一变化，她只是死死抱住黎青的腰说：“别过去，她现在不认识你，你去了也没用。我不想你死掉。”

就在这时，她的后领突然被人抓住，陈婉沫眼前寒光一闪，但还没来得及出手，身体就被轻易地抬了起来。她现在面对的，是一双暴戾、血腥和冷漠的眼睛。

那是该用怎样的言语才能形容的恐怖？

我会死去的。

这一瞬，陈婉沫脑海中只剩下这个想法。她僵硬着身体，无限惊恐地看着对方。

“唔……”她突然感觉腹部一痛，低头往下看去，一只拳头刚从剧痛的部位退走。

陈婉沫蜷缩起身体，双手紧紧捂住腹部，喉咙一甜：“噗……”

喷出一口鲜血，星星点点的红色，就洒在李玉儿的脸颊上。

李玉儿面上毫无表情，像丢弃垃圾一样，将陈婉沫的身躯扔在一旁，垂下眼睫看着趴伏在脚边的黎青。

黎青缓缓拱起腰，一点一点从地上爬起来，站直了身子。

他已经非常累了，与黑衣人的交手令他精疲力竭，而现在，终于出现了他想要的那种场景。

“咳咳，”黎青捂着嘴巴咳嗽了两声，深吸一口气，甚至能尝到隐隐的铁锈味：“玉儿，我知道你还在的！”

李玉儿毫无所动，微微抬头看着黎青流血的下巴，缓缓抬起手。

陈婉沫紧紧捂着腹部，看到李玉儿动手，便以为她要攻击黎青，不由奋力往前一扑，抱住李玉儿的腿：“黎青，你快跑啊！”

李玉儿周身突然涌起一股暴戾之气，毫不留情的一脚踹了出去，“咔嚓”，骨裂的声音清晰地传来。

黎青面色一变，忍不住向陈婉沫望去。就算她曾经背叛自己，他对她却保有一份难以言喻的情感。

“唔！”黎青看着李玉儿的眼睛，双手慢慢从两侧抬起，在她警惕的眸光中，毫无攻击力地搭在她的双肩上。

“玉儿，我相信你能做到的，看着我，想想以前，想想我们曾在一起的时候，你还记得我吗？”黎青无力地引导着李玉儿的灵魂。

李玉儿再次向他缓缓伸出了拳头。

黎青露出一抹李玉儿最熟悉的笑意，双手环住李玉儿的腰，将她往自己怀中一带，声音颤抖地在她耳边说道：“想起来吧，求你了，别忘了我们！”

李玉儿的手居然停住了，还微微颤抖起来。

黎青眼眶微湿："我就知道，你一定能……"

话音未落，黎青突然被一股大力推了出去，他踉跄后退了两步，后背一下子抵在了洞穴石壁上。

"玉儿？"

"啊——"李玉儿双手抱住自己的头，全身颤抖，仿佛承受了极大的痛苦一般。

陈德昌终于找到了机会，命令道："趁现在，分开他们，取血！"

活该李玉儿要抵抗烛龙的意志，现在反而给他提供了机会，只要熄灭主灯，就不怕烛龙的力量不会完全苏醒。

李玉儿想反抗，却无奈分身乏术，给再度捆缚起来。

挣脱这条绳索，很简单，但李玉儿却不敢，她怕自己一松懈，就被烛龙的意志占据上风。方才想要杀了黎青的感觉那样强烈，她若是控制不住，会后悔终生。

"玉儿，玉儿！"

黎青刚冲上前想帮助玉儿，就马上被伺机而动的黑衣人按住抵在墙上。

"下三滥的戏码也该结束了。"陈德昌干涩的声音里充满了嘲弄，"难道你也这么急着去阎王那里跟你父亲团聚？"

听了这话，黎青动作一顿，脑海中闪过一个巨大的疑惑，为什么他们当时没有使用父亲的血，父亲明明已经到了三霄洞，甚至就在这里做出牺牲，但陈德昌却没有取走他的鲜血。

黎青紧紧抓住了这一闪而过的念头：究竟发生了什么意外，让他们不能取父亲的血？要不就是？

该死的，那是什么呢？

黎青突然瞪大了眼睛。是了，只有一个可能——要熄灭主灯，只能用燃灯巫族活着的后裔的鲜血！

如果陈德昌想要复活烛龙，只能让自己活着！

这也就解释了，为什么黑衣人方才与自己对峙的时候，会一直把握手头的分寸？因为，他们根本不敢伤害自己。

黎青来不及确定自己的想法是否正确，而现在的情况，也根本容不得他再多做考虑。他迅速做出决定：赌一把再说——

用生命做赌注，若是赢了，至少能救回玉儿的性命。

黎青在与黑衣人周旋挣扎时，曾经看到黑衣人腰间插着匕首。

陈德昌看到烛龙的力量已经完全进入李玉儿体内，不由露出一抹放松的笑意："将黎青带过来！"

终于只差一步，就要完成了！陈德昌想到，脸上的笑容变得更加灿烂。

就在黑衣人架住黎青双臂的一刹那，黎青猛地拔出黑衣人腰间的匕首。

寒光乍现，锋锐异常。

黎青手腕一翻，将匕首的锋刃对准自己的脖子。

黎青闭了闭眼睛，长舒了口气，只要一下，便能结束这一切吗？

陈德昌脸色一凛："你要做什么？"

陈婉沫震惊地瞪大眼睛，拳头紧紧地握了起来。

那三旋和严锡九显然没想到黎青会有这样的举动，这种时候，拿自杀来威胁，不会是脑袋被吓傻了吧？

黎青看到陈德昌的态度，反而更加坚定了自己心中的猜测，不由露出释然的笑意。

“咳咳……”陈德昌做出假装不在意的样子，但他的双目，却死死盯着黎青握住匕首的手：“把刀放下，这是何必。你死了，对我们没有任何影响。”

“你这是虚张声势，你不敢让我死——你没有用我爹的血，是因为这个仪式必须用活人的血才能完成。我也是你的祭品吧。”

陈德昌摇摇头，挤出了一丝勉强的微笑。

“你想错了。你死了，仪式还会继续下去。”

“那就试试吧！”

黎青立刻作势将刀往自己的脖子上切去。

“住手！”

陈德昌忍不住大喊一声，脸色顿时变得铁青。而黎青的刀刃，停在了皮肤的表层。

他立刻意识到自己被骗了，不小心暴露出了弱点。

“你不想我死吧！”黎青笃定地说道，又露出了自信的微笑。

陈德昌深吸了口气，暗地里对陈婉沫使了个眼色。

这次黎青真的把刀往里按了进去了，鲜血已经流将出来：“你要不想我死，就放了他们。”

陈德昌目光阴冷：“你以为这样就能威胁我吗？”

黎青冷声道：“我不会再重复一遍。”

陈婉沫艰难地说道：“青哥，别这样，我保证，取血之后，你一定不会死，我们不想要你的性命！”

黎青面带嘲讽地说：“那玉儿呢，婉沫，你也和玉儿相处过一段时间，难道真的能眼睁睁地看着她死去？”

“她不会死！”陈婉沫摇摇头：“请你相信我！”

那三旋腮帮子都肿了起来，大着舌头嚷嚷道：“呸，要再信你，我们就真是地道的猪头三了！”

陈婉沫脸色惨白，只是定定地看着黎青。

“婉沫，我曾经相信你，但也只是曾经了！”黎青冷笑道：“只有身体活着，精神被抹杀，被那邪恶的烛龙代替，这也算是活着吗？”

黎青的质问令陈婉沫无言以对，几滴眼泪顺着脸颊滚落下来：“青哥……”

黎青索性不再看她：“没有我的血，仪式照样会被迫停止，我最后说一遍，放了他们！”

李玉儿还留有一丝清明的神智，见到黎青用自己的生命来威胁陈德昌，眼眶不由一红。

陈德昌的呼吸变得急促起来，他背在身后的手，悄悄地对黑衣人做了个手势，黑衣人迅速向黎青逼近。

“好，我们一个一个来。”陈德昌沙哑地说，“先放了你的好朋友严锡九。”

他朝羁押着严锡九的黑衣人点了点头，他们就把严锡九放开了。

而正当黎青转过头去看严锡九之际，几个黑影突然向黎青冲来，眼看就要夺去黎青手上的匕首。黎青躲闪不及。在千钧一发之际，说时迟那时快——

“噗嗤——”

黎青调转匕首，刺向自己的胸膛，十几公分的匕首，顿时一半没入胸膛，鲜血喷涌而出。

“青哥！”陈婉沫瞳孔猛地一缩，那堵不住的鲜红，尖锐地刺痛了她的双眸。

陈德昌终于开始慌乱起来。

“还愣着做什么,赶快给他止血！咳咳……”陈德昌暴怒地喊道。

“黎青！”严锡九怔愣之后，眼睛变红了。

只要拖住时间就好，为什么要对自己下手，那一刀，对准的可是胸口啊!

“噗，咳咳……”血液迅速从胸口处涌出，黎青吐出几口鲜血，感觉自己的身体被翻过来，不知道多少双手在胸前止血。但他只是感到呼吸变得困难，视线也开始模糊。

人声越来越杂乱，而他正在失去知觉……

就因为这短短几分钟的时间差，严锡九召唤的军队终于赶到了。大批士兵越过山野，包围了整座山头，黑衣人全部被捕，全身浴血的黎青和已经陷入昏迷的李玉儿，被抬上了标有红十字的救护车。

陈婉沫被带走之前，视线还一直望向黎青的方向，但他始终都没有再次睁开眼睛。她默默地闭上眼睛，脸上挂着悔恨的泪水。

严锡九望着一瞬间苍老了许多的陈德昌，恨意居多，却也有几分可怜。

“你的计策完蛋啦。”那三旋不顾满身外伤，坐在陈德昌对面嘲讽道。

陈德昌颓废地坐在地上，双手交叉按在头皮上："只差一步，只差一步……"

那三旋听他嘟嘟囔囔来回就这几句话，碰了碰严锡九的胳膊："他这样子，不会是疯了吧？"

严锡九提高了声音："就算不疯，下辈子，也一定是在牢里度过了！"

陈德昌身体一抖，不知是听进去了还是没听进去，口中仍然来回嘟囔着这句话。

这时，走过来两个身材高大的士兵，一边一个地架起陈德昌，把他像小鸡一样带走了。

严锡九眼看着他被押上军车，转身说："去医院吧。也不知道黎青和玉儿……"

那三旋点点头，虽然一身皮肉伤，看着有点吓人，却是养养就能好的，但被送去急救的两位，怕是没自己这么幸运了。

两人一前一后，向停在三霄洞外的车辆蹒跚地走去。

尾声

“他醒了！”

迷迷糊糊之中，黎青听到一个女孩子的悦耳声音。他努力睁开眼睛，看到一张熟悉的面庞。李玉儿的眼睛已经哭红，但此刻却变得欣喜万分。

他使劲眨了眨眼睛，张嘴试图说些什么，可是嗓子干涩得让他只能发出一声不清不楚的咕哝：

“……玉儿……”他一边说，一边挣扎着想要坐起来，可是胸口却传来一阵钻心的疼痛，让他又软瘫了回去。

“别动！”玉儿赶忙上前把他的脑袋又放回了枕头上。

“你受了很重的伤，”说话的是严锡九，“还要好好休息。”

这个时候，黎青才突然想起了发生在三霄洞的一切，他吸了一口冷气，然而看到玉儿安然无恙，又稍许安心了些。

“放心吧。”那三旋好像猜到了黎青在想什么，“那个老不死的和那帮黑乌鸦已经被一网打尽了。”

黎青这才点点头，挤出了一丝微笑。

“……我昏迷了多久？”

李玉儿擦了擦眼角的泪水：

“一个多礼拜了。差一点就……”

她的话语哽咽了，没有说下去。

是这样吗，这一切就此落下了帷幕？

黎青有一种恍若隔世的感觉。从天津爆炸到现在，只过了短短的一个月，可是却好像经历了一次漫长的噩梦。

“好啦。”是那三旋打破了沉默，“现在黎公子醒来了，这就好过一切了。”

“是啊。”严锡九也点点头，“现在不要难过啦，该高兴。”

李玉儿这才擦干了眼泪，挤出了一丝笑容。

“谢谢你们……”黎青的声音没什么气力，轻轻地说，“亏得你们那么及时地赶到。”

“那还是你的消息传送的及时，我们才能知道你的动向啊。”严锡九笑着说。

李玉儿看着他们一头雾水：

“传送消息？究竟发生了什么？”

严锡九和黎青相视一笑。

“这个故事恐怕还得从你被掳走的那天说起。”严锡九说。

在黎青和那三旋去天主堂的那天，李玉儿闹脾气不肯去，严锡九就留下来在黎家老宅陪李玉儿。可李玉儿一直将自己关在房间里不肯出来，严锡九也只好在书房里自己读读书，打发时间。不知不觉地，他就趴在桌子上睡着了。

“那壶茶。”严锡九说，“陈婉沫为玉儿泡的那壶茶，里面估计有药。当时她特意端了壶茶来，还让我喝，我就觉得奇怪，所以只略微呷了一小口，幸好如此，所以没有睡得很沉。”

入夜后，严锡九被一阵烟味和焦煳味惊醒，一睁眼，就察觉到有些异样，走出房门就发现，外院已经烧起来了。他第一反应就是冲到李玉儿的房间，发现玉儿的房间里一片狼藉但空无一人，显然经过了一番打斗之后，被带走了。

严锡九分秒必争地在大宅里搜索了一番，确认没有李玉儿的踪迹之后，大宅已经是一片火海。如果再晚一分钟，严锡九都肯定会被烧死在大宅之中。他把上衣脱下，用剩下的茶把衣服打湿，披在身上，从后门冲了出去。

为了避开黑衣人，他一出去就钻入了森林之中，等了好一阵，才又重新出发。

“你没看到我们回来吗？”

“我看到了。不过这次着火让我对我们之间的人又有了怀疑，尤其是陈婉沫。所以我决定单独行动。”

黎青和那三旋点了点头。

严锡九看到了那三旋和黎青等人分开，便一路跟着他到了天津，确认没有危险之后才和那三旋会合。

“之后面临的问题就是如何与黎青取得联系了。”

黎青点了点头，轻声开口说：

“我和严锡九从小有一个联络暗号，就是以一个特别的笔名在申报的第七版发表文章，通过这篇文章来传递……咳咳……信息……咳咳……”

“别说了。”李玉儿担心地说。

黎青摆摆手示意自己没事。严锡九则直接从怀中掏出了一张报纸。

“就是这篇文章。”

李玉儿凑上去看了看，读了出来。

“朽叶？”

“这是我们的共用笔名。”黎青轻声说。

“这不是一篇书评吗？哪里有信息？”李玉儿皱了皱眉。

“当然不会明白地写出来，这是藏头文。”严锡九笑着说。

“一已抵到津前速又十在回是？”李玉儿疑惑不解地读道，“不成句啊？”

“这个家伙还耍了个花招。”黎青虚弱地笑了，“他怕单纯的藏头文太明显，所以他只在质数位藏了信息。”

“质数……”李玉儿揉了揉额头，瞪了一眼严锡九，“你还真是赛先生的忠实信徒。”

严锡九不好意思地摸了摸头，然后接着说：

“就这样，我们互相交换了位置信息，最后他们要去三霄洞的时候，也是提前给我发了消息。我才能及时带着军队赶到。”

“对了，阿九，”黎青想起了什么，“你为什么不早点警告我陈婉沫的事情？”

“就算和你说了，你也不一定会相信吧。”严锡九苦笑着说，转眼看到李玉儿阴晴不定的眼色，又赶紧咳嗽了一声，“如果告诉你，你万一暴露给他们了，他们还一定会找别的计划，不如顺着他们的计划，将计就计。”

“那你也太小看我了。”黎青苦笑着说，“我早就知道陈婉沫是有蹊跷的了。”

“哦？”严锡九大为讶异，“你是怎么看出来的？我还是查了户籍资料才最终确定的。”

黎青长叹了一口气。

“还是那壶茶。”黎青缓缓说道，“我父亲不爱喝茶，自从母亲走后，我们家从不备茶。”

三人听了这才恍然大悟。

“只是毕竟是世交，又是从小就认识的。”黎青又叹息一声，“心底里确实还是希望她是无辜的吧。或许我后来那么拼命地去调查只是想证明她是无辜的。只是越深入，越努力，越发现事与愿违。”

李玉儿的脸色又不好看起来，没有说话，只是略微挪了挪身子，和黎青的距离远了几分。严锡九心细，看在眼里。

“大将心善，对旧识总是存着感情的。但是他这人我知道，若是真喜欢上了一个人，那一定是死心塌地，赴汤蹈火在所不惜的。就像这次。”他意味深长地说。

李玉儿的脸腾一下就红了，眼泪也又一下子涌了上来。

“傻瓜。”李玉儿又是哭，又是笑，“为什么要做那么危险的事情？”

黎青没有回答，只是闭上了眼睛，嘴角又挂着虚弱而自信的笑容，一如李玉儿刚刚见到他时的样子。

他轻轻抬起手，指了指李玉儿的心，又指了指自己的胸口。睁开眼睛，用那双清澈的眼眸，静静地凝视着李玉儿。

李玉儿的脸透红透红的，羞得低下了头去。那三旋和严锡九相视一笑，又远远地对黎青竖了一个大拇指，然后便一起转身离开了房间，带上了房门。

听见房门在门外被关上之后，李玉儿凑近到黎青跟前，羞涩地迎上黎青的目光。

“笨蛋。”

她用只有黎青听得到的声音说。

“把眼睛闭上。”

黎青没有睁开眼睛。在李玉儿的芬芳气息中，他感到一阵粉红色的晕眩，突然听不见包括钟表在内的一切声音。他想，生命又重新开始了。

黎青在一场漫长的熟睡之后醒来。他睁开有些发胀的眼睛，看着病房一成不变的天花板。忽然，他感到有一阵异样，转过头去，发现在窗边有一个人影，背对着他。

是严锡九？黎青刚要出声叫他，却又定住了。那不是。他知道那不是严锡九。

那个背影陌生而熟悉，像是一堵墙一般挡在他和窗外的世界之间。

黎青想起，之前严锡九支开了李玉儿和那三旋，单独和他说的一段话。

“你之前让我查的那七十二个人的事情，我都有着落了。

根据我和我的朋友的调查，发现那七十二个人生前都和某一个人有密切的联络，而那个人恐怕和你有很大的关系。”

严锡九当时从衣服怀里最深的一个口袋掏出一个信封递给了黎青。而黎青至今依然没有打开它。但他隐隐地却早已猜到了答案。

深灰色的长衫，黑色的布鞋，略有些乱的头发里，白色比记忆中多了好多。

一切宛如在梦里。

黎青张开嘴，喉咙干涩地发出了一个简单的音节，可他自己却都听不清楚。

而那个背影显然听到了，他略微颤了一下，却迟迟没有动。

窗外一阵风吹过，树上最后的叶子也飘落了下来。

那人慢慢地转过脸来……

出版后记

“谜托邦”系列，是朱大可工作室出品的诸多品牌之一，它包括神话（魔幻）、悬疑、历史探秘和都市推理等诸多类型。

作为阅读市场的重要组成部分，“类型小说”在中国并未得到充分发育，但仍可以被粗率地划分为两大基本类型。

第一类是网络写作。这是一种互动式集体写作，以连载为基本传播方式，依照网民意志而不断修正写作方向，最终成为作者和网民的共同作品。此类写作的好处，就是以一种更加“刻奇”（Kitsch，旧译“媚俗”）的立场取悦读者，而将小说读本的商业性推向极致。此类小说有望成为广泛阅读的畅销书，但它的短板，在于作者很难借此塑造独立风格。它是一种缺乏主体性和个人话语风格的公共文本。

第二类叫作书桌写作，它保持了传统的个人经验的基本特征。这其实就是一种封闭式书写，在完成电子或纸质出版之前，读者无法介入和影响小说的文本书写。相比网络写作而言，书桌写作能够塑造真正意义的独立作家，而令文学免于沦为集体口水的牺牲品，但它的短板在于，难以跟大众达成亲密的市场联盟。

“谜托邦”的作者，都是出生于20世纪80年代晚期和20世纪90年代早期的青年作家，毕业于同济大学和复旦大学中文系。他们依靠个人经验和写作技巧，书写那些历史传奇故事。在想象力和叙事能力方面，他们显示出与众不同的才华，而他们的三大短板，分别是剧情设计、人物性格塑造和对大众趣味的洞察。这些弱点与生活经验的稀少有关。

“谜托邦”写作计划，便是针对这种现状而设计的妥协性方案。整个写作程序，是以工作坊集体参与的方式，筛选故事种子，反复讨论故事大纲和人物设计，然后再由执笔者将其转化为文字。这无疑是一种有意义的书写实验。我认为，只有借助这种向内部开放的半个人写作，才可能布置文学和市场双赢的格局。

“谜托邦”写作计划，源于我的神话研究成果。2014年出版的《华夏上古神系》，可以视为“谜托邦”的理论根基。例如，《鹰翼之醒》的故事原型，就出自《华夏上古神系》一书。我们面对的，是人类最古老的“鹰蛇对抗”模式（在中国演变为“龙凤呈祥”的和解模式）。在“谜托邦”写作过程中，鹰蛇对抗被还原到原型的层级，并从中进一步化育出发生在现代航校里的黑鹰和白鹰的激烈对抗。神话原型是“谜托邦”幻想写作的内核。没有这样的内核，幻想小说就会丧失脊骨，并跟绝大多数类型小说一样，化为转瞬即逝的市场泡沫。

神话原型研究的重要目标，就是把中国神话跟亚洲其他地区神话做深刻的对接，以此改变传统神话叙事的困窘格局。《波斯镜灵》和《鹰翼之醒》指涉了波斯和印度，戏剧性地呈现出“亚洲神话共同体”的斑斓景象。没有这种亚洲化乃至全球化的视野，就无法写出真正的“现代神话”。

好莱坞神话电影（《魔戒》《阿凡达》《哈利波特》《纳尼亚传奇》《神战权力之眼》《冰雪奇缘》以及所有漫威式的英雄传奇），都拥有自己的“神话圣经”，那就是神话学家约瑟夫·坎贝尔的《千面英雄》，他在书里陈述了英雄成长的基本模式及其变体。坎贝尔的研究点亮了银幕上的美国神话。但仅有坎贝尔是远远不够的。漫威电影正在暴露其神话叙事的弱点——公式化、概念化和程式化，而这也是整个好莱坞电影的困境。美国人未能获得更多的古老原型，只能反复消费单一的英雄原型，直到它成为僵硬的市场模板为止。

这从另一角度暗示了中国人的写作优势。作为一个具有漫长历史的民族，中国人显然握有更复杂多样的神话原型，而这些奇诡的“非物文化遗产”，至今都没有得到有效的利用。“谜托邦”写作计划试图改变这个现状。可以确信的是，我们已经打开了通往神话的大门。我们正走在神话叙事的新路上。如果“谜托邦”有朝一日能够成为小说阅读和影视改编的“热门货”，那么它一定取决于神话原型的力量。它来自历史深处。它是人类共同欲望的简洁表达。谁握住原型，谁就握住了人类普遍价值的内核。而这是“谜托邦”写作计划的全部要义。

我要在此感谢东方出版社的编辑们。没有编辑们的卓越努力，“谜托邦”第一季就无法顺利面世。这场神话实验还将长期进行下去，但愿它能给类型文学和影视业带来细小的改变。

古时候有这样一个故事，说的是一位伟大的木匠师傅，带着一群年轻徒弟，准备打造一座世上最美丽的楼房。20 年过去后，楼房终于盖好了，但徒弟们却无法欣赏自己的杰作，因为他们的眼睛都瞎掉了。这个故事的关节点在于，他们的眼睛为什么会瞎掉？答案是出乎意料的：徒弟们认为自己根本无法造出最美丽的房子，为了逃避这样的宿命，他们刺瞎了自己的眼睛。但房子造出来之后，却赢得了人们的一片赞扬，因为民众看见了楼房的无限美丽之处。

这个故事试图告诉我们，不要畏惧实验可能带来的失败。而任何发自内心的信念，都能超越盲目的眼睛，成为撑起小说楼宇的坚实支架。

图书在版编目（CIP）数据

巫灯/卜知客著. — 北京：东方出版社，
2016.6
ISBN 978－7－5060－9122－0

Ⅰ. ①巫… Ⅱ. ①卜… Ⅲ. ①长篇小说－中国－当代
Ⅳ. ①I247.5

中国版本图书馆CIP数据核字(2016)第153707号

巫　灯

（WU DENG）

作　　者：卜知客
产品经理：张　旭
责任编辑：张　旭　常秋井
出　　版：东方出版社
发　　行：人民东方出版传媒有限公司
地　　址：北京市东城区东四十条113号
邮政编码：100007
印　　刷：三河市金泰源印务有限公司
版　　次：2016年8月第1版
印　　次：2016年8月第1次印刷
印　　数：1—3000册
开　　本：640毫米×880毫米　1/16
印　　张：12.5　彩插：8页
字　　数：150千字
书　　号：ISBN 978-7-5060-9122-0
定　　价：36.00元
发行电话：（010）85924663　85924644　85924641

诡面谜花

卜知客 著

活在这珍贵的人间和孤独的都市，你所见的远非真实。

巫灯

卜知客 著

昏暗巫灯一盏，燃续千年传奇。

敬请期待“谜托邦”第二季